세계 여행은
끝났다

세계 여행은 끝났다

좋은 날 다 가면
다른 좋은 날이 온다

김소망 지음

꿈꾸는인생

터키, 카파도키아

모로코, 쉐프샤우엔

여행지에서 만난 외국인의 질문에
바로 대답하지 못했다.

"한국은 뭐가 좋아?"

스페인, 발렌시아

모로코, 쉐프샤우엔

김광석의 애잔함, 이소라의 슬픔, 김현식의 꺼끌꺼끌한 진심, 최백호의 낭만, 조덕배의 화려한 전주… 그 처연한 아름다움을 어떻게 전해야 할지 모르겠어서, 살아남기 위해 인간이길 포기해버린 사람들 틈에서도 그런 선택을 하지 않고 버티는 사람들이 아직 남아 있다는 말은 어쩐지 분위기에 맞지 않는 것 같아서.

이말 저말 다 삼키고 나면 결국, '음식이 맛있고', '제주도가 예뻐' 정도밖에 남지 않았다. 아쉬운 마음에 "너 한국 오면 40첩 반상을 경험할 수 있다!"고도 했었지.

2017. 6. ~ 2018. 6
세계 여행

볼리비아, 우유니 사막 가는 길

포르투갈, 리스본

터키, 카파도키아

멕시코, 플라야 델 카르멘

크로아티아, 플리트비체

모로코, 미를레프트 근처 바닷가

칠레, 아타카마 사막

스페인, 론다

코로나 시대에 여행을 이야기하는 책이라니. 이 책을 집어 든 독자들이 얼마나 여행에 굶주려 있는 분들일지 상상이 간다. 나도 그렇다. 자유 해외여행 시대에 태어난 사람으로서 여행을 2년 동안이나 강제로 금지당한 적은 처음이다.

한동안 아무도 여행 에세이를 안 내는 것 같았는데 다시 서서히 출간되는 듯하다. 처음에는 어차피 해외에 나갈 수도 없는데 여행 에세이가 왜 나오는 건지 의아했지만 독자들 반응이 좋은 걸 보고 여행 에세이는 애당초 대리만족을 위해 읽는 책이라는 걸 알게 됐다. 그런 점에서 여행기가 아닌 여행 이후의 이야기를 담은 이 책을 리커버 개정판으로 내겠다고 결단한 출판사 대표님이 진심으로 용기 있다고 생각한다. 책에 쓰일 줄 모르고 개인 만족을 위해 대강 찍었던 사진이 책의 표지 이미지로 사용돼 적잖이 부끄러웠는데 새로운 손길로 다시 태어나 다행이다. 사진보다 더 부끄러운 문장 여러 군데를 다듬을 수 있는 기회를 가지게 된 것도 좋았다.

이 책의 제목을 『세계 여행이 끝났다』로 할 것인지 『세계 여행은 끝났다』로 할 것인지 고민했었다. 하나는 내가 좋아한 순간들이 끝났음을 이야기하고, 다른 하나는 내가 좋아한 순간이 끝난 이후를 이야기한다. 이 책의 제목은 보다시피 후자이고 책의 내용과 딱 들어맞는 문장이라고 생각한다. 책에 여행기를 많이 풀어놓질 않아 아쉬워하신 분들이 많았는데, 특별한 여행 서사를 가진 자가 아니라서 쓸 이야기가 별로 없었다. 그럼에도 정 원하신다면 제 인스타그램과 브런치에 들어와 주시길.

이 책은 여행 기록 에세이는 아니고 '여행 에세이 외전'이다. 요새는 본편만큼 외전, 스핀오프가 인기가 많으니 이 책도 그러하기를 바라는 마음을 꾹꾹 눌러 담아 본다. 이 책을 서점의 수많은 세계 여행 에세이의 외전판이라고 생각하며 읽어 주시면 좋겠다. '여자와 남자는 행복하게 여행했습니다' 이후에 그들이 어떤 일상을 살아가는지 지금부터 내가 솔직하게 까발려 보겠다.

2021년 여름

독일, 뮌헨

여행이 가르쳐 준 대로 사는 시간이다.

삶에 회피할 수 있는 건 없고, 저녁까진 울겠지만 밤에는 웃을 수도 있다는 걸 기억하면 덜 슬프고, 증오보다 사랑으로 걷는다. 내 일상은 고작 나만 알아차릴 정도의 아름다움을 덧입었다. 그것으로 충분하다.

2019년 4월

김소망

목차

2 ♦♦♦ 남에게도 내게도
너그러운 사람

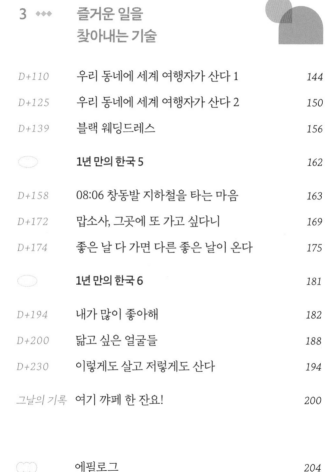

3 ◆◆◆   즐거운 일을
　　　　　　 찾아내는 기술

볼리비아, 우유니 사막

여행이 나를 변화시켜 줄 거란 기대는 애초에 없었다.
내 변화가 꼭 여행 중에 일어나야 한다는 집착도 없었다.
그럼에도 나는 조금 달라졌고, 더 분명해졌다.

다시 서울에서의 삶을 시작한다.
세계 여행은 끝났다.

익숙한 자리,
새로운 마음

절대로 돌아가고 싶지 않은 곳이라고 생각하지 않았다. 오늘은 한국으로 여행을 가고 싶다고 생각한 날들도 드물지만 있었다. 저녁 식사를 끝내고 도봉천 벚꽃길 아래를 산책하고 싶을 때, 애정을 갖고 있는 극단의 새 연극 포스터가 SNS에 올라올 때, 도봉산은 나 없이 어쩌고 있나 궁금할 때. 그렇다고 얼른 집에 돌아가고 싶다고 생각한 적은 없다. 어차피 언젠간 돌아갈 한국, 몇 주 혹은 몇 달 늦게 갈 수 있다면야 최선을 다해서 늦게 돌아가고 싶었다.

계획대로
되는 일은 없고

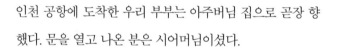

인천 공항에 도착한 우리 부부는 아주버님 집으로 곧장 향했다. 문을 열고 나온 분은 시어머님이셨다.

"아이고, 이렇게 큰 가방을 메고 돌아다닌 거야?"

어머님은 나와 창연이 일 년 가까이 이고 지고 다녔던 가방을 쳐다보셨다. 우리 모두 입 밖으로 꺼내지 않은 한 가지 생각 때문에 마음이 무거우면서도 일단은 서로가 반가워 웃었다. 거실에는 아직 돌도 안 된 어린 조카가 바운스에 앉아, 이 꺼먼 작자들이 대체 누군가 하고 말똥말똥 우리를 쳐다봤다.

세계 여행의 마지막 여행지는 방콕이었다. 계획대로라면 오늘 밤에도 우리는 방콕 시내의 호텔에 있었어야 한다. 긴 여행을 마무리하려고 예약했던 그 호텔은 우리 입장에서는 최상급 호텔이었다. 야외 수영장이 있고, 호텔식 뷔페 조식을 먹을 수 있는 곳.

우리가 원한 세계 여행의 마지막 일정은 이런 식이다. 뜨겁고 습한 방콕의 길거리에서 날마다 팟타이와 쏨땀을 먹고, 괜히 어깨 근육과 뒷목을 풀겠다며 아침저녁으로 마사지 숍에 들르고, 늦은 저녁 호텔 야외 수영장에서 달을 올려다보며 수영하는 것. 곧 돌아갈 서울의 우리 집에는 없는 에어컨 바람을 미리미리 아낌없이 쐬어 두면서, "이런 호캉스도 세계 여행이라고 말할 수 있는 걸까?" 얘기하는 것. 영원히 끝나지 않을 것 같았던 여행을 날마다 끝내고, 날마다 마음을 정리하려고 했다.

하지만 우리는 예약했던 호텔 숙박권과 비행기 티켓을 찢고 여행의 끝을 일주일 앞당겼다. 아주버님의 아이 중 한 명이 몸이 약하게 태어났는데 갑자기 위독해졌다는 이야기를 전해 들어서다. 우리더러 지금 당장 한국에 오라고 말하는 이는 아무도 없었다. 오히려 오지 않아도 된다고, 어차피 일주일 뒤에 볼 수 있지 않느냐며 남은 여행을 즐기라고 했다. 하지만 얼핏 들어도 아이의 상태는 꽤 좋지 않은 듯해서 호텔, 쏨땀, 야외 수영, 마사지… 그 어떤 것을 떠올려도 마음이 편하지 않았다. 만약 시댁 어른들이 지금 당장 한국에 들어오라고 하셨다면, (꿍할 일 아닌 걸 알면서도) 마음 한편이 꿍한 상태로 출국했을지도 모르는데, 아무도 오지 말라고 하니 이건 이것대로 혼란스러웠다. 게다가 창연의 형과 나는 이십 대의 모든 신앙 여정을 함께했고, '아주버님'이나 '제수씨'보다는 '야', '뭐', '이 오빠야'가 입에 착 붙어 좀처럼 점잖은 관계가 되기 힘든, 아주 가까운 사이다.

우리가 한국에 가면 병원과 회사에 온종일 있어야 하는 그들 부부를 대신해 집에 있는 다른 두 조카들을 돌봐 줄 수 있을 텐데. 시어머님이 돌봐 주신다는 이야기는 들었지만 하루이틀도 아니고 어떻게 혼자 두 아이를 감당하시겠나.

하지만 마음 한편으로는 이 여행을 잘 마무리하고 돌아가고 싶다는 욕구가 창연과 나 둘 다 굉장히 강렬했다. 여행을 시작한 지 육 개월이 지나면서는 여행을 계속한다는 느낌보다 여행이 점점 끝나간다는 느낌으로 하루하루를 살았다. 돌아가면 어떤 삶을 살게 될까 고민하면서. 그런데 막상 이렇게 끝낼 생각을 하니 마음이 좋지 않았다. 그렇다고 당장 한국에 돌아갈 마음의 준비가 전혀 안 돼 있다고 시댁에 말할 용기는 없고, 아니 있다 한들 그건 너무 유치한 게 아닐까. 무슨 놈의 마음 준비가 필요해, 그냥 돌아가면 되는 거지. 세상에, 자가 호흡을 못 하는 아이가 병실에 누워 있고 아직 어른의 손길이 필요한 아이가 둘이나 더 있는데, 우리는 고작 '계획했던 여행의 끝이 이게 아닌데' 생각하며 허탈해하다니.

아이의 입원 소식을 들었던 태국 꼬따오의 게스트 하우스에서 창연과 나는 저녁마다 시간을 정해 놓고 각자 기도했다. 다이빙 숍에서 운영하는 숙소라 새벽부터 오후까진 투숙객들이 다이빙 레슨을 받으러 나가 조용하고, 해가 떨어지면 태국의 밤 문화를 즐긴다고 나가서 새벽까지 아무도 들어오지 않았다. 창연은 2층 침대에서, 나는 1층 침대 옆 바닥에서 아픈 아이와 그 가족들 생각에, 그리고 우리의 번잡한 마음 때문에 기도하다가 울었다.

이틀이 지난 뒤, 우리는 조금 차분해진 마음으로 한국

행 비행기에 올랐다. 이륙할 시간이 다 되어 가자 작년 이맘때쯤 인천 공항에서 비행기를 타고 여행을 시작했던 그날처럼 마음이 복잡했다. 마음을 다독이려 눈을 감았을 때 승무원이 내 옆으로 다가왔다. 내 뒷줄에 앉아 있던 한국인 아주머니 한 분이 이륙 안내에도 불구하고 테이블을 펼쳐 두고 있어서였다. 승무원은 세상에서 가장 친절한 목소리와 몸짓으로 테이블을 접어 달라고 요청했지만 아주머니는 들은 척도 하지 않았다. 몇 번 더 이어진 요청에도 아무런 반응이 없자 승무원이 포기하고 굳은 얼굴로 돌아갔다. 갑자기 피로가 몰려왔다. 이미 한국에 도착한 느낌이었다. 한국이구나, 한국이야.

아주버님 집에 배낭을 내려놓고 주위를 둘러봤다. 일 년 전과 비슷했다. 일 년 동안 친구의 작업실로 사용된 우리 집은 지금 어떤 모습일지 문득 궁금했다. 여행은 끝났는데 아직 집에 못 가고 있으니 기분이 이상하다. 마치 여행이 아직 덜 끝난 듯한 기분. 떠들썩하게든, 무덤덤하게든 한국에 돌아왔다고 SNS에 티를 내고 싶었지만 당분간은 조용히 있는 것이 좋겠다는 무언의 다짐이 손을 묶었다.

다른 세계 여행자들은 한국에 돌아온 첫날에 뭘 했는지 궁금하다. 우리보다 먼저 여행을 끝낸 사람들의 얼굴이 떠오른다. 아마도 배낭을 집어 던지며 "이런 20L짜리 백팩 메고 다니는 여행은 다신 하지 않을 거다. 캐리어 끌고 다니는 여행만 할 거다" 얘기하다가, 은근슬쩍 베란다나 옷장 구석에 백팩을 소중히 놓아두지 않을까. 아무튼 여행이 끝났다는 게 전혀 실감 나지 않는 건 모두 똑같을 테지.

오늘도 나는 낯선 천장을 보며 잠들 예정이다.

거창하고
쓸모없다

아주버님 집에서 아이들을 돌보는 동안 어떤 날은 시간이
느리게 흐르고 어떤 날은 유독 정신없이 하루가 지나가고,
새롭지만 똑같은 아침이 찾아왔다. 조카가 입원 중인 병동
으로부터 좋은 소식이 들려왔다. 안심해도 될 상황은 아니
라고 했지만, 그래도 아이가 너무 기특해서 마음속으로 꽉
안아 주고 볼을 비비는 상상을 했다.

아주버님이 도움을 요청하면 다시 오기로 하고 우리는
짐을 챙겨서 나왔다. 빨리 가고 싶은 우리 집 이전에 먼저

가야 할 곳이 있었다. 대체 언제쯤 얼굴을 보여 줄 것인가 궁금해하고 있을 내 엄마, 아빠의 집.

엄마 얼굴을 빨리 보고 싶어 조급한 마음에도 익숙한 비밀번호를 누르고 들어가는 대신 벨부터 누르는 걸 잊지 않았다. 엄마는 집에 혼자 있을 때 벨소리도 없이 갑자기 현관문이 열리면 가족이 들어와도 깜짝 놀라는 겁쟁이다. 문을 열고 나온 엄마는 일 년 만에 손주를 만나는 사람마냥 감동한 얼굴로 우리를 맞았다. 엄마는 내가 결혼하고 난 뒤로 나를 볼 때마다 그 표정을 짓는다.

"왔어?"

엄마는 창연과 나를 동시에 껴안고 등을 쓰다듬었다.

사실 1년이 아니라 6개월 만이다. 작년 겨울, 남동생 준, 엄마와 아빠는 우리와 함께 스페인을 여행했다. 엄마에겐 두 번째 해외여행이고 아빠는 삼십 년 전 출장차 홍콩에서 짧게 머문 것을 제외하면 생애 첫 번째 해외여행이었다. 가족들과 함께한 2주는 여러모로 매우 인상적이었다. 그때 적은 일기는 이렇게 시작한다.

오랜만에 가족을 만났다. 그들은 더욱 또렷해져 있었다. 고

집도 나이 듦도 날 향한 애정 표현도.

그들을 인솔해야 한다는 책임감에 가끔 지쳤고, 각자의 욕구들이 부딪히고 해소되는 과정을 지켜보는 게 긴장됐고, 순진무구한 눈빛으로 세상을 둘러보며 재밌어하는 부모의 모습을 보는 게 짠하고 뿌듯했다.

아빠가 집에 들어온 건 밤 열두 시가 다 되어서였다. 인테리어 가게를 하는 아빠는 우리를 보자마자 "어이구, 얘네 꺼메진 것 좀 봐" 하며 놀랐다. 우리가 꺼메진 거야 열심히 노느라 그런 거고, 아빠야말로 무슨 공사를 하고 온 건지 얼굴 이곳저곳이 거뭇거뭇했다.

아빠는 곧바로 스페인 여행 얘기를 꺼냈다.

"우리가 여행 갔다 온 게 언젠데 아직도 스페인 얘기하잖아, 너네 엄마는. 말도 마."

"내가 뭘?"

엄마가 발끈했다.

그 여행은 우리 모두에게 대단한 것이었지만 엄마만큼 여행의 생생한 순간을 오래 기억할 수 있는 사람은 없을 것이다. 텔레비전보다 라디오를 좋아하는 엄마는, 여행을 하는 내내 핸드폰의 녹음기를 켜 놓았다. 영상이나 사진 촬영은 엄마가 여행을 기록하는 방식이 아니었다. 몬세라트의 수도원에서 어린이 성가대가 특송을 부를 때도 나는 영상을 찍고 엄마는 녹음기 앱을 켰다. 캄프누 경기장에서 바르셀로나 사람들이 카탈루냐 독립을 지지하는 전통 노래를 부를 때, 내가 온 정신을 집중해 듣는 동안 엄마는 재빨리 녹음기 앱을 켰다. 나는 그때의 감동을 머리로, 감정으로 기억하지만 엄마는 잠들기 전에 그 노래를 머리맡에 틀어놓고 매일 밤 새롭게 감동한다고 했다. 나는 그 노래가 어떻게 시작해서 어떻게 끝나는지 기억하지 못하지만 엄마는 불러 달라고 하면 바로 흥얼거릴 정도로 또렷하게 노래를 기억한다.

엄마의 핸드폰에 또 어떤 순간들이 기록되어 있는지 알지 못한다. 잠들기 직전 몽롱한 상태에서 듣는 타지의 소리는 어떤 느낌일까. 실제 장면이 어떠했는지와 상관없이 머릿속에는 아름다운 장면들만 떠오를 것 같다. 엄마는 딱 엄마다운 기록을 남겼다.

아빠는 여행하며 찍어 둔 사진과 글을 모아 한 권의 책을 만들라고 했다. 판매용이 아니라 소장용으로. 한 권은 우리 부부가 갖고, 다른 한 권은 아빠 엄마가 갖기 위해. 한때 독립출판으로 1년의 이야기를 담아 출간하는 상상을 하긴 했다. 그런데 어느 책방에 가 봐도 세계 여행기만큼 흔한 책이 없었다. 일 년 동안 경비가 100만 원밖에 안 들었다거나 여행 중에 만난 외국인과 사랑에 빠져 한국행 비행기 티켓을 찢었다는 정도의 스토리가 아닌 이상 사람들의 마음을 사로잡는 여행 에세이를 만들기란 내 깜냥으론 어림없다고 생각했다. 나는 책으로 엮기엔 너무 평범한 이야기를 가진 여행자였다.

아빠는 이런 내 뜻을 시큰둥한 표정으로 듣더니 별일 아니라는 듯 말했다.

"그건 너무 거창하잖아. 그냥 간단하게 사진 들어가고 그 옆에 간략하게 글 몇 줄 들어가는 책을 만들라는 거지, 아빠 말은. 집에 가자마자 만들어서 다음에 올 때 갖고 와."

아빠는 아무것도 모른다. 내가 만들기 귀찮아서 안 만드나. 거창한데 쓸모없고 돈마저 안 되는 걸 기획하는 게 세상에서 제일 재미있다. 그건 내가 잘 안다. 사진 옆에 간

략하게 몇 줄 쓴다는 게 그만 대하소설을 써 버리고는 혼
자 뿌듯해할 순간은 상상만 해도 즐겁다. 하지만 나는 추진
력이 없고 눈은 높고 포기는 재빠른 사람. 여행도 창연이
추진해서 출발할 수 있었지, 나 혼자였다면 영원히 꿈만 꾸
다가 말았을 가능성이 크다. 노인이 되어 그때 왜 출발하지
않았나 후회하다가 눈 감을 사람.

　그러니 누군가 날 본다면 제발 부추겨 달라. 무엇이든
행동으로 옮기라고. 쓰고 싶은 게 있다면 쓰고, 가고 싶은
곳이 있다면 가고, 만들고 싶은 게 있다면 만들라고. 아무
것도 하지 않으면, 거창하고 쓸모없고 돈은 안 되는데 세상
에서 제일 재미있는 그 일이 영원히 내 인생과 상관없어져
버린다고.

첫 주의 어려움이
이런 거라니

다시 시작한 서울살이에서 나는 그동안 궁금해했던 질문의 답을 찾았다. 한국 생활이란 무엇을 의미하는지, 한국에서는 잠을 설치는 밤이 잦았는데 한국 밖에서는 어쩜 그렇게 푹 잘 자고 다녔는지 같은, 혼자만 궁금해하고 있던 질문들의 답.

한국에서의 생활이라는 건 이제 돈을 벌어야 한다는 것과 인간관계가 시작되었다는 것으로 정의 내릴 수 있겠다. 전자는 현재 집에서 노는 중이라 아직까진 와닿지 않는데,

후자는 하루가 다르게 크게 느끼는 중이다.

다들 "이제 어떻게 할 거야?" 묻지만 (같은 말로 "뭐 먹고 살 거야?"가 있다) 나는 한국에 오고 나서 돈벌이보다 인간관계에 대해 생각할 기회가 더 많았다. 물론 외국에서도 인간관계를 하긴 했다. 깊지 않은 관계.

지금부터의 관계 맺기가 진짜다. 가족과 지인 몇 명을 만났을 뿐인데 나도 모르게 행여 말실수할까 봐 조심하고, 앞에 있는 이의 컨디션을 살피고, 집에 돌아와서도 창연에게 이런 말을 하고 있더라.

"내가 아까 말했던 거 있잖아. 그거 그 사람이 듣고 불쾌해한 것 같지 않아?"

"그걸 누가 기분 나쁘게 듣니. 네가 오버하는 거야."

관계라는 게 세심함과 노력을 필요로 하는 일인데, 꽤 오랫동안 덜 세심하고 덜 노력해도 괜찮은 시간 속에 있었구나 싶다. 며칠 전에는 지인으로부터 "누가 누구에게 상처를 줬다더라, 누구는 누구에게 상처를 받았다더라" 하는 얘기를 들었다. '나는 상처 안 주도록 조심해야겠다'는 생각이 들면서, 이게 정말 오랜만에 느끼는 감정이라는 걸 깨달았다. 바로 이거지. 내가 한국에서 어려워하던 것. 이게 한국에서의 생활이었지. 상처 주고 상처받는 것. 혹은 상처 주지 않기 위해 노력하는 것. 조금 덜 노력해도 되는 쿨하고 대범한 인간관계를 좋아하는데, 쉽지 않다. 서로 좋아하는 관계일수록 더욱 그렇다.

인천 공항에 도착한 날, 컨베이어 벨트에서 짐을 찾으며 엄마에게 전화를 했다. 잘 도착했고, 며칠 뒤에나 보러 갈 거라고. 엄마는 지금 아빠와 함께 있다고 했다. 전화기 너머로 아빠에게 "소망이한테 전화 왔어. 인천에 잘 도착했대" 말하는 엄마의 목소리가 들렸다.

그런데 다음 날 아주버님 집에 있을 때, 엄마에게서 문자 메시지가 왔다.

아빠한테 전화 한 통 드려!
도착했다고 전화했어야 되는데

이게 무슨 말이지 싶었다. 전화는 어제 엄마한테 했으니 된 거 아닌가? 바로 아빠에게 전화하니 숨소리에서부터 서운함이 느껴졌다.

"너도 이제 알 만한 거 다 아는 나이면서 부모가 일 년이나 걱정하고 있던 걸 알면 돌아오자마자 전화를 해야지, 응? 어떻게 너도 그렇고 임서방도 그렇고, 아무도 전화를 안 하니."

어제 내가 엄마한테 전화한 것 몰랐냐고, 엄마가 아빠한테 말해 준 줄 알았다고 하니, 아빠는 엄마에게 그런 말을 들은 적이 없다고 했다. 그리고 엄마에게 전해 듣는 것과 내게 직접 듣는 건 다르다고.

아빠는 내가 돌아온 것을 내가 엄마에게 전화한 그날 밤에야 알게 됐다고 한다.

"소망이가 왔다고? 언제? 그런데 어떻게 하루 종일 전화를 안 할 수가 있어?"

나는 아빠의 서운함을 이해할 수 있었다. 백 번이고 천 번이고 내가 잘못한 일이라고 생각했다. 그러면서도 한편으론 '아빠가 왜 이렇게까지?' 하는 마음이 들었다. 내게 표현을 요구하고 애정을 바라는 아빠는 낯설다. 이제까지 나는 부모님께 할 말이 있으면 엄마에게 얘기하고 아빠는 엄마를 통해 내 얘기를 전해 들을 때가 많았다. 아빠가 불편해서가 아니라, 엄마랑 얘기할 시간이 더 많았다는 단순

한 이유에서였다. 그런데 요즈음 아빠는 나와의 일 대 일 살가운 관계를 원한다. 아빠는 언제나 날 끔찍이 사랑하면서도 표현에는 능숙하지 않았는데, 이젠 아니다. 내가 결혼해서 집을 나온 뒤로 더, 여행한다고 떨어져 있는 동안 더, 아빠는 나를 사랑한다고 온몸으로 말한다.

핸드폰으로 전해지는 아빠의 어투는 꾸중과 다그침만이 아니라 내가 친구 관계에서도 기피하던 그것이었다. 꾸덕꾸덕하고 약간 겁까지 나는 감정. 아, 아빠는 내가 아빠에게 너무 무심하다고 느끼는구나. 아빠가 나더러 효도하라고 말하면 "됐어, 무슨 효도야, 이렇게 예쁘게 생긴 딸이 있는 게 효도지" 하고 받아칠 텐데, 아빠가 원하는 건 효도씩이나 되는 게 아니었다. 당연한 애정이었다.

이런 상황들이 낯설 뿐이지 일어나선 안 되는 일도 아니고 특이한 것도 아니다. 일 년 동안 내게 섭섭해하고 미안해하고 고마워하고 나를 사랑해 주는 이는 창연 한 명이었는데, 이젠 그런 사람들이 늘어난 것뿐이다.

한국에 돌아왔다는 건, 많은 사람들을 만나고 그들 때문에 매우 행복했다가 때때로 마음이 어려워지기도 한다는 것, 그리고 기피하고 싶은 순간들을 맞이하리라는 걸 뜻하는 것이었다. 안 하다가 하려니 아주 살짝 빡세다. 여행이 끝난 첫 주의 어려움이 이런 것이라니. 의외다. 여행병이 다 무어냐. 순식간에 치고 들어오는 감정들이 많아서 그럴 틈도 없더라. 이제 곧 오겠지만.

지금 내가 본능적으로 이끌리는 것은 단연 소비.

그동안 못 간 극장과 전시회에 가고 싶고,

사고 싶었던 책들 잔뜩 사서 거실에 쌓아 두고 싶고,

노트북 구경하러 매일 인터넷 쇼핑몰에 출석하고 싶고,

오색찬란한 옷 사고 싶다.

마치 이러려고 한국에 돌아온 것처럼.

요셉은 해몽가로 살 수도 있었지만
나랏일 하는 직장인이 되었다

창연이 며칠 전부터 이력서를 쓰기 시작했다. 돌아온 지 2주 만에 이력서 쓰는 삶이라니. 쉬면서 독도나 DMZ처럼 이전에 안 가 본 곳으로 여행 가려고 했는데 더 이상 취직을 미룰 수 없을 만큼 큰돈을 써야 되는 일이 생기는 바람에 어쩔 수 없었다.

창연이 오늘 이력서를 쓴 기업은 온라인 접수를 받지 않아 우편 발송을 하거나 회사 사무실에 직접 가서 이력서를 제출해야 했다. (아직도 이런 곳이 있다니, 역시 세계는 넓잖아?)

오늘이 접수 마감일이라 하는 수 없이 이력서를 출력해 회사로 가야 했고 할 일이 없던 나는 창연을 따라나섰다.

집에 프린터가 없어 회사 근처 인쇄소에 들렀다. 몇 장 뽑지도 않았는데 인쇄비가 4,800원이나 나왔다. 날은 너무 덥고, 제출해야 하는 서류에 주민등록 초본이 있다는 걸 창연이 그제야 알게 돼서 우리는 왔던 길을 되돌아가 버스를 타고 주민 센터를 찾아다녔다. 그때쯤 되자 속으로만 하려 했던 걱정과 짜증이 입 밖으로 새어 나왔다.

"안 돼, 창연아. 이렇게 디테일이 떨어지면…."

나는 아직 이력서 낼 곳 하나 알아보지 않은 주제에 성실한 구직자 창연이 계속 내 눈치를 보게 만들었다. 여행할 때도 나는 더우면 더워서, 추우면 추워서, 배가 고프면 배가 고파서 예민해질 때가 있었다. 그때마다 상대적으로 무던한 성향의 창연이 내 눈치를 보며 기분을 풀어 주려 애썼다. 창연은 어쩜 그렇게 매사에 평정심을 잘 유지하는지. 난 남편 덕분에 기분이 풀어지면 마지막에 "나 때문에 고생이 많다. 미안해, 여보. 사랑해" 하는 여자에 가깝다. 그런 뒤에도 계속 남편을 괴롭히고 "자꾸 괴롭혀서 미안해"를 반복하는 못난 아내. 자괴감이 든다.

그런데 창연은 무던한 대신 내 약점을 정확히 꿰뚫어 후벼 파는 능력이 있다. 이력서를 낸 뒤 (붙든 아니든) 큰일 하나를 끝냈다는 개운함에 창연은 말했다.

"이제 너도 뭐라도 써. 이력서를 쓰든 소설을 마저 쓰든."

나는 여행 가기 일 년 전, 다니던 출판사를 그만두고 소설을 쓰겠다며 일 년 내내 집에만 있었다. 그리고 설마 했지만 끝끝내 짧은 소설 한 편을 채 완성하지 못하고 여행을 떠났다. 영원히 완성하지 못하는 단편소설이 나의 구멍이다. 창연은 언제까지 방바닥만 긁고 있을 거냐고 물었다. 아닌데, 나 방바닥 긁은 적 없는데. 그냥 누워만 있었는데. 에헴.

창연은 반농담, 반진담으로 이제부터 일은 나 혼자 하라면서, 자기는 백수로 놀고 싶다고 했다. 그건 여행 가서 노는 것과는 아예 다른 차원의 쉼을 영위하는 행복한 삶이자 창연의 오랜 로망이다. 나쁘지 않다. 내가 소설 쓰겠다고 말만 하고 놀아 봤기 때문에 조금 안다. 에헴.

소설을 써야 할지, 이력서를 써야 할지 아직 정하지 못했다. 여행하는 동안 한 출판사로부터 세 번씩이나 러브콜을 받았다. 여행이 끝나면 면접을 보자는 제안이었다. 지난 주에 또 메시지가 왔다. 기회를 주셔서 감사하지만 같이 못 할 것 같다고, 죄송하다는 내용의 답변을 보냈다. 전 직장의 누군가가 그곳에 날 추천한 걸까? 어떻게 한 회사에서 일 년 동안 세 번이나 나를 찾을 수 있지. 나는 그럴 만한 사람이 아닌데.

여행가가 아닌 직업인으로서의 내게 관심을 보인 사람은 일 년 동안 그분이 유일했다. 가끔 내 SNS 게시물에 '좋아요'를 남기는 출판사 대표님이나 편집자, 작가분들에게 내가 무챠스('매우'라는 뜻의 스페인어) 감사해한다는 걸 그들은 알까. 그런데 그들이 무슨 다른 뜻이 있어서 그랬겠나. 나야말로 별 의미 없이 '좋아요'를 남발하고 다니는 사람이면서.

창연이 재밌는 이야기를 들려줬다.

"지하철이나 버스 탈 때 어떤 여자랑 부딪히면 그 짧은 몇 초 동안 그 여자랑 썸 타고 연애하고 헤어지는 것까지 상상하는 남자들이 있어. 아까 내가 이력서 건네고 직원에게 인사하는 그 짧은 순간에 이 회사 입사해서 그 사람이랑 같이 근무하고 퇴사하는 것까지 상상했었다."

나는 창연의 등에 고개를 박고 웃었다. 나는 '좋아요' 하나에 감동하고, 창연은 이력서 받은 직원을 직장 선배로 인식하고. 삼십 대 중반의 경력 단절자 두 명은 이럴 때일수록 더 밀어붙이며 웃기는 법만 늘었다.

"이력서 받으면서 웃으면 끝난 거야. 그 사람, 아니 그 선배, 인성 괜찮다."

며칠 전에는 '출근'이라는 것에 대해 생각하다가 이런 글을 적었다.

지금 이 시각 창연은 이력서를 쓰고 있다. 나라면 너무 쓰기 싫을 것 같다. 어제 예배 끝나고 집에 돌아오면서 '만약 내일 아침부터 출근을 해야 한다면?' 하고 상상했다. 끔찍했다. 출근은 끔찍해. 우리는 그 끔찍한 걸 매일 했었어. 그런데, 그러니까, 해야 한다면 또 할 수 있을 거야.

끔찍할 것 같은 출근에 도전할 건지, 도피처가 되면 곤란한 소설에 도전할 건지 정해야 한다. 창연은 왠지 금세 취업할 것 같다. 나는 어떻게 될지 잘 모르겠고. 다른 사람들은 다 잘될 것 같고 자신의 길을 알아서 찾아가는 것 같은데 나만 앞이 보이지 않는다. 어느 분야에서든 삼십 대 중반은 마구 달려가야 하는 나이 아닌가. 그것도 빈손이 아니라 어느 정도 달성해 놓은 상태에서 말이다.

내가 이런 말을 하고 있다니. 다른 사람에게 듣는다면 듣기 싫은 티를 낼 텐데. 요즘 걱정이 많으신 시아버지께 창연은 종종 이런 얘기를 해 드린다.

"걱정 마세요. 세계 여행 다녀와서 굶어 죽었다는 사람 한 번도 본 적 없어요."

속으로는 뒤에 한 문장을 더 추가한다.

'우리가 첫 번째가 될진 몰라도.'

모르겠다. 나는 이제 뭘 해야 할지.

D+18

보고 싶었단
말 대신

여행이 끝나가던 어느 날, 미쓰장이 우리가 한국에 돌아가면 귀국 환영회를 열어 주겠다고 했다. 대학 동기인 미쓰장과는 대학교 교정이 어떻게 생겼는지도 몰랐던 1학년 첫주에 고학번 선배의 단편 영화 촬영장 스태프로 함께 불려가면서 친해졌다. 같이 밤을 새고, 일 못한다고 혼나고, 누가 더 배우처럼 연기하나 보자며 현장의 배우들을 따라 하면서 까불었다. 우리는 성향이 어느 정도 비슷하기도 하지만 서로의 얘기를 잘 들어 주고 둘 다 옷을 좋아하고, 무엇보다 개그 코드가 비슷해서 십 년 넘게 한 번도 트러블 없이 지내고 있다.

미쓰장은 언제부턴가 기념 파티 여는 걸 좋아했다. 여행을 가기 전에도 우리 집에서 또 다른 친구 정현까지 합세해 네 명이 송별회를 했는데 모든 기획과 진행을 미쓰장이 맡았다. 우리는 술 마시는 송별회 대신, 각자가 지난 십 년 동안 나머지 세 명과 함께 겪은 대표 에피소드를 열 개씩 적어 발표했다. 고백하자면 미쓰장이 이걸 준비해 오라고 시켰을 때 이게 과연 재밌을지 거대한 의심이 들었다. 그런데 막상 천 원짜리 양초를 하나씩 손에 들고 불 꺼진 거실에서 각자의 에피소드들을 하나씩 읽으니 이게 너무 재미있는 거다. 특히 미쓰장의 미치도록 섬세한 기억력 때문에 숨도 못 쉬고 끅끅대며 웃었다. 우리는 미쓰장의 남자 친구가 손수 제작했다는 부루마블을 밤늦게까지 하며 놀다가 차를 끌고 홍제역의 작은 우동 집에 갔다. 길거리 좌판에서 시원한 바람을 맞으며 뜨거운 우동 국물을 훌훌 들이켰다. 속이 시원했다. 모든 순간이 반짝였고 아름다웠다.

귀국 환영회의 멤버는 송별회 때와 똑같았다. 창연과

나, 미쓰장, 그리고 정현. 우리 부부가 여행을 하는 동안 우리 집을 작업실 삼아 연극과 뮤지컬 희곡을 쓴 이가 정현이다. 정현이 집을 관리해 주지 않았다면 돌아왔을 때 휑뎅그렁한 집에서 먼지 냄새만 날렸을 것이다.

오랜만에 우리 집 거실에서 친구들과 놀 생각에 아침부터 신이 났다. 서로의 집에 자주 놀러가는 편은 아니지만 가끔 집에서 모일 때면 바깥에서 만나는 것과는 확실히 다른 편함을 느꼈다. 방바닥에 드러누워 별말 없이 음악을 들어도 좋았다. 영영 끝나지 않을 것 같은 이야기들을 풀어놓으면 금세 밤이 되곤 했다.

미쓰장이 야심차게 기획한 환영회는 간식을 먹는 것으로 시작했다. 창연과 나는 터키에서 조식으로 간단하게 먹는 음식과 아르헨티나 친구들이 뻥튀기와 크림치즈를 이용해 만들어 줬던 뻥튀기 간식을 미리 준비해 뒀다. 재료와 품종이 달라서인지 그때 그 맛을 완벽하게 구현할 순 없었지만, 내가 맛있게 먹은 외국 음식을 친구들에게 직접 요리해 주고 싶었다.

친구들은 특히 뻥튀기와 크림치즈의 조화를 신기해하며 아주 맛있게 먹어 줬다(두 사람 모두 어떤 이상한 음식을 먹어도 "이건 별로네" 할 사람들이 아니라 좀 애매하긴 하지만). 앞으로도 누군가 우리 집에 놀러오면 외국 음식을 만들어 주려고 한다. 다른 나라를 가장 빠르게 간접적으로 경험할 수 있는 방법 중 한 가지는 그 나라의 음식을 먹는 것이다. 외국에서 맛있는 음식을 먹을 때 내가 요리해 볼 만하다 싶은 것들은 레시피를 물어서 메모를 하곤 했다. 하지만 내 요리 솜씨를 믿을 수 없으니 어떤 음식이든 맛있게 먹을 수 있는 사람에게만 만들어 줄 것이다.

간식을 다 먹은 다음에는 미쓰장의 제안으로 빙고 게임을 했다. 빙고 게임이라니. 정말 건전한 삼십 대 중반이 아닌가! 이날 빙고의 하이라이트는 '네 명이 동시에 아는 일반인 이름 빙고'였다. 처음에는 각자의 형제자매, 친구들 이름을 대다가 나중에는 다들 어떻게든 이겨 보겠다고 자신의 전 애인, 나머지 세 사람의 전 애인 이름들을 소환한 것이다. 자기 입으로 본인의 몇 년 전 애인 이름을 외치고 종이에 냅다 동그라미를 치는 모습이라니. 더 이상 누가 이기느냐는 중요하지 않았다. 중요한 건 누가 더 남의 옛 애인 이름을 잘 기억해 내느냐 하는 것. 그 와중에 정현은 십 년도 더 된 내 전 남자친구 이름을, 나도 잊어버리고 안 쓴 그 이름을 기억해 냈다. 기억력이 제로인 나는 친구들의 입에서 낯선 이름이 나올 때마다 "그 사람은 누구야?" 물었고, 디테일한 기억력으로는 세계를 제패하고도 남을 미쓰장이 깨알 같은 부연 설명을 늘어놨다.

"기억 안 나? 그때 그 남자랑 얘랑… 얘가 그래서 울고… 새벽에 나한테 전화하고….

빙고 한 판에 네 사람의 구질구질한 십 년 연애사가 쏟아졌다. 깔끔하게 끝난 연애는 한 건도 없더라. 이 게임에선 이긴 놈도 이기지 못했고, 진 놈도 지지만은 않았다. 빙고판에 소환된 그들도 다들 어디선가 빙고 게임이나 술 게임에서 우리 이름을 읊으며 "그 여자는 지금 뭐하나 몰라" 말할지도 모를 일. 괜찮다. 이길 수만 있다면 언제든지 우리 이름을 소리쳐 외치길.

환영회의 마지막은 지난 일 년 동안 각자에게 있었던 일 '베스트 10'을 말하는 시간이었다. 우리가 여행 기간에 연락을 못 하고 지낸 것도 아니고, 수시로 메시지를 주고받아서 "왜 나한테 말 안 했어?"라고 할 만한 일은 한 가지도 없었다. 그 대신 개개인이 매우 중요한 일을 겪은 순간에 그들을 휩쓸었던 고민의 깊이나 무거움을 조금 더 알게 됐다. 그건 새로웠다. 떨어져 지낸 일 년은 확실히 짧은 시간만은 아니었던 것 같다.

그럼에도 우리가 열두 달 동안이나 안 만난 사이였다는 게 실감나지 않았다. 바로 지난주에도 만나서 놀았던 것처럼 이 만남이 익숙하고 편했다. 나는 너희가 너무 보고 싶었다는 말 대신, 쿠바산 시가 한 개비와 멕시코산 털실 술 장식을 선물로 던져 줬다. 다음에는 얘네들에게 어느 나라 요리를 해 줄까 고민하면서.

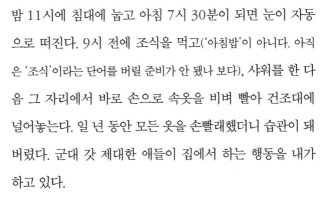

국경의
긴 터널

밤 11시에 침대에 눕고 아침 7시 30분이 되면 눈이 자동으로 떠진다. 9시 전에 조식을 먹고('아침밥'이 아니다. 아직은 '조식'이라는 단어를 버릴 준비가 안 됐나 보다), 샤워를 한 다음 그 자리에서 바로 손으로 속옷을 비벼 빨아 건조대에 널어놓는다. 일 년 동안 모든 옷을 손빨래했더니 습관이 돼버렸다. 군대 갓 제대한 애들이 집에서 하는 행동을 내가 하고 있다.

점심 먹고 잠이 쏟아져도 절대 낮잠을 자면 안 된다는

생각에 버틴다. 여행할 때 나는 조식을 먹고 방에 들어오면 금세 노곤해져서 "잠깐만 비비적대다가 나갈까 봐" 하며 이불 속으로 들어가곤 했다. 그런 날이 며칠 반복되면 창연이 "여행 와서 자기만 할 거야?" 호통을 쳐서 벌떡 일어나긴 했지만.

요즘에는 노곤해도, 할 것이 없어도, 낮에 뭐라도 하며 시간을 보내려고 한다. 돌아와서 처음 집어 든 책은 이창래의 『영원한 이방인』이다. 이방인은 아니더라도 경계인 같은 느낌이 남아 있을 때 읽기 적절한 소설이라고 생각했다. 여행 가기 전에 읽으려고 사 둔 건데 여행이 다 끝난 뒤에야 첫 장을 펼쳤다. 그 편이 오히려 잘되었다.

한국계 미국인 작가가 쓴 '뉴욕에서의 이방인'의 삶을 훔쳐보면서 뉴욕에서 보았던 한인들이 모여 사는 퀸즈와 플러싱 거리를 떠올렸다. 경계선, 정체성, 야망과 목적의식, '이 땅에 있다는 이유만으로 발걸음에 탄력이 붙고 약간 흥분'하는 어떤 인생에 대해. 내게 뉴욕은 이방인과 경계인의 도시라는 기억으로 남아 있다. 뉴욕에서 만났던 사람들의 이야기는 내가 한 번도 걷지 않은 삶으로 가득했고 이해할 수 없는 것들도 많았지만, 그만큼 매혹적이었다.

오늘은 빌리고 싶은 책이 있어서 혼자 도서관에 다녀왔다. 집 근처 도서관 중에 책이 가장 많은 도서관에 가려면 30분 동안 마을버스를 타고 도봉산 고갯길을 넘어야 한다. 도서관은 늘 느긋한 마음일 때 가는 곳이라 그 길이 귀찮게 느껴진 적은 한 번도 없다.

8차선 도로가 2차선으로 바뀌는 고갯길 정상에는 좁은 터널이 하나 뚫려 있다. 뚱뚱한 버스가 그 좁은 공간을 제 몸에 생채기 하나 내지 않고 지나가는 게 늘 신기했다. 내 걸음으로 30초면 이쪽 끝에서 저쪽 끝까지 걸을 수 있는 아주 짧은 거리다. 하지만 버스가 천천히 오르막길을 오르고 터널의 모습이 드러나기 시작하면 '이제 곧 터널을 아슬아슬하게 통과하겠지' 하는 긴장과 설렘이 있다. 터널을 지나면 하천이 흐르는 전혀 다른 동네의 풍경이 나타나는 것도 좋다. '도봉산의 터널을 빠져나오자, 설국이었다' 정도는 아니어도 이곳이 내 국경의 긴 터널인 셈이다.

집에 돌아올 때는 보슬비가 내렸다. 가방에는 이력서를 내려고 마음먹은 출판사의 책이 한아름 들어 있지만 우산을 쓰고 집까지 걸었다. 혼자 골목길을 걸어도 아무도 추파를 던지지 않고, 혹시 누가 내 가방을 낚아챌까 봐 긴장하지 않아도 되는 이 한 시간을 소중히 야금야금 보내고 싶은 마음에서.

우이동, 쌍문동은 꽤 자주 온 동네라고 생각했는데 지도 앱이 추천하는 최단 시간 경로를 무시하고 일부러 낯선 길을 선택했더니 골목길을 꺾을 때마다 처음 보는 풍경이 눈앞에 나타났다. 그동안 있는 줄도 몰랐던 재래시장의 한복판을 걷다가 먹거리 앞에서 군침이 돌기도 했고, 시장 끝에 서 있던 어린이집 이름에 마음을 빼앗기기도 했다. '아기둥지'. 아기둥지라니, 갈색 벽돌의 양옥 건물 어린이집에 참 잘 어울리는 이름이다. 간판을 한참 쳐다보며 속으로 몇 번이고 불러봤다. 아기둥지, 아기둥지, 아기둥지. 이름만으로 어린이집을 정한다면 내 미래의 선택은 여기겠네.

3, 4층짜리 빌라들로 빼곡한 동네에 갑자기 스쿠버 다이빙 장비를 파는 가게가 튀어나왔다. 바로 옆이 도봉산인데 사장님이 어지간히 스쿠버 다이빙을 좋아하시나 보다. 나도 여행 다니면서 배운 것들 중 스쿠버 다이빙이 가장 좋다. 이 가게 사장님도 이집트 다합에 다녀오셨을까. 전 세계에서 스쿠버 다이빙 가격이 가장 싼 곳. 홍해를 끼고 있는 작은 시골 마을인 다합은 세계 여행자들의 블랙홀이

다. 다이빙 배우려고 갔다가 다합의 매력에 빠져 일 년, 이 년 아예 자리 잡고 사는 한국인 여행자를 한두 명 본 게 아니다. 예쁜 바다에서 등만 돌리면 척박한 바위산이 끝도 없이 이어져 있지만, 다합에는 여기가 너무 좋다며, 여기에서 살고 싶다고 고백하게 만드는 힘이 있다.

나는 반짝이고 하얗고 화려한 도시의 풍경엔 감흥이 덜하다. 누가 봐도 재래시장이 있는 동네와 어울리는 사람이다. 네다섯 살 때쯤 우리 집 근처엔 작은 빨래터와 하천이 있었다. 친구랑 빨래터에서 소꿉장난을 하다가 장난감이 하천으로 떨어져 어떻게든 건져 보려고 하천 옆을 따라 달리던 게 기억난다. 아빠 회사 때문에 전학을 많이 다녀서 초등학교를 세 군데 다녔는데, 두 번째로 다닌 학교는 토요일마다 책가방 대신 보자기에 책을 싸 들고 등교하는 곳이었다. 등 뒤 보자기에서 덜거덕덜거덕 소리가 커질 때면 가슴에 사선으로 묶은 보자기 끈을 세차게 다시 한 번 묶곤 했다. 우리 반은 가끔 학교 근처 동산에 올라가서 쑥과 달래를 캤다. 조개 캘 때 쓰는 작은 바구니에 흙먼지 묻은 쑥과 달래를 한가득 담아 가면 엄마가 정말 좋아했다. 알지도 못하는 사람들 무덤가에서 캐 온 달래로 끓인 된장국이 참

달았지.

소도시와 작은 동네의 풍경이 주는 느긋함과 평안함은 내 정서의 밑바탕이 되었다. 미국, 유럽, 호주도 멋지고 좋지만 남미, 쿠바, 모로코 같은 곳들에 본능적으로 끌린다. 그곳에는 내 정서를 침투하는 고유의 풍경이 있다. 부자들은 한남동 빌라 촌이나 프리미엄 브랜드 아파트, 맨해튼 건물 숲 같은 풍경을 보면 마음이 흐트러질까. 궁금하다.

취직 걱정으로 우울함이 터졌다.

이력서를 쓰면서 '여긴 어차피 떨어질 텐데' 싶다가도

어느 날은 아침에 눈을 뜨자마자

뭐든지 다 잘될 것 같단 생각에 신이 난다.

오늘은 이 모든 게 의미 없어 보이는 날.

방바닥을 기면서 한숨을 쉰다.

촌스럽게,
애틋하게

예전에 써 둔 이력서 파일을 찾으려고 메일함을 열었다. 읽지 않은 메일들이 가득했다. 대부분이 여행 중에 가입한 사이트들에서 보낸 광고 메일이었다. '맥도널드 오스트레일리아'는 지금 당장 공식 앱을 내려받고 무료 아이스 레몬 에이드 쿠폰을 챙기라며 친절하게 알려 주고, '유로윙즈'는 추가 마일리지를 줄 테니 항공권을 예약하라고 꼬드긴다. 브로드웨이의 '스쿨오브락'은 59달러로 티켓을 예매할 수 있는 날짜를 알려 주고, '에어비앤비'는 방콕에서 하룻밤

묵었던 집의 호스트가 창연과 내게 남긴 글을 보여 준다.

"너희는 방도 깔끔하게 사용하고 참 나이스해서 다른 호스트들에게도 추천하고 싶어. 우리 집에 묵어 줘서 고마워!"

다른 호스트들도 자주 쓰는 문장 몇 개가 전부지만 여행을 끝낸 지 한참 뒤에 발견한 편지라 괜히 애틋했다. 정확히 말하자면 편지가 아니라 메일이다. 하지만 둘은 어감이 한참 다르고 지금의 내게는 이 짧은 메일조차 고등학생 때 친구와 쪽지를 주고받던 시기의 정서를 소환한다. 다른 자동 메일들도 마치 내가 잘 아는 친구가 태평양 너머에서 나를 생각하며 보낸 다정한 안부 인사인 것만 같다. 이 낯간지러운 감정이 촌스럽다고 생각하면서도 은근히 즐기고 있다.

메일함을 한참 들여다보고 있으면 아직도 내가 여행자라는 착각이 들 때가 있다. 한 여행사는 내가 좋아할 만한 여행지를 계속해서 추천해 주고 있었다. 메일 제목만 읽고 대부분은 클릭하지 않지만 어느 날은 이 여행사가 아주 기가 막히게 내 취향을 저격한다. 빅 데이터는 무섭다. 어떤 메일은 제목만 읽고도 마음이 요동쳐 입맛이 쓰다. 지금 당장 아이슬란드 숙소를 예약하라니. 너무 비현실적이잖아.

AI 기술이 좋아질수록 세계 여행을 끝낸 여행자들은 쓸쓸해질 일들이 더 늘겠지. 일 년 뒤 이맘때엔 "너 2017년에 여기에 갔던 것 기억해? 나는 다 알아. 네가 어느 식당에 가서 몇 개의 별점을 매겼는지, 네가 그날 찍어서 올린 음식 사진이 뭔지. 다시 방문할 생각은 없는 거야? 한번 가 봤으니까 여기가 이맘때쯤 얼마나 아름다운지 굳이 말 안 해도 알잖아?" 이런 편지가 도착하겠지. 다들 조금만 덜 성실해져도 좋은데.

여행 기간에는 아무렇지 않게 스팸 메일함으로 보내던 메일들을 오히려 지금은 못 지우고 오는 대로 다 받아 보고 있다. 구독 취소만 누르면 단절되는 세상에서 구질구질하게 매달리는 꼴이란. 이러다 메일이 뜸해지면 "자니?"라고 내가 먼저 보내게 생겼다.

핸드폰 정리는 한국에 들어오기 전부터 외국에서 천천히 해 두었다. 구글맵과 부킹 닷컴, 우버 앱을 지우고, 이제껏 야무지게 이용한 여행 관련 오픈 채팅방에서 나가기 버튼을 제대로 눌렀는지 확인하기 등등의 정리들.

미처 정리하지 못한 것들도 있다. 그것들을 보고 있으면 마음이 붕 떠 버린다. 나중에 읽으려고 인터넷 창에 띄워 두고는 아직 읽지 않은 웹 페이지들은 끄는 것조차 아깝다. 그 페이지를 검색하던 날이 기억나면서 그때의 공간과 기온, 냄새, 촉감 같은 것들이 생생하게 떠오른다. 못 지울 만큼 중요한 건 거의 없고 심심풀이 삼아 읽으려고 클릭한 가십 기사들이 대부분인데.

아직 지우지 않은 웹 기사 중에 내가 여행하는 사이 엄마가 취미 활동으로 시작한 관현악단이 '세계 최다 공연자' 이슈로 기네스북에 올랐다는 신문 기사가 있다. 부모님은 올해의 이슈로 딸과 사위의 세계 여행을 첫 번째로 꼽았지만, 내 생각에는 기네스북 등재야말로 올해의 탑 이슈가 아닌가 싶다. 신이 나서 엄마를 자랑하고 싶어 기사를 내 SNS에 공유하려고 인터넷 창에 띄워 뒀었다. 그런데 별 이유도 없이 여태 그 간단하고 쉬운 일을 하지 않아 기사는 계속 인터넷 창에 떠 있다. 올해가 가기 전에 공유해야 되는데. 엄마가 이 기사 링크를 가족 단체 채팅방에 올렸던 날이 생각난다. 엄마가 이제껏 자랑이라는 걸 해 본 적이 있었나? 기네스북 등재 소식을 알리면서도 엄마는 아무 말

없이 달랑 링크 주소 하나만 보냈다. 그런데 그것만으로도 엄마가 얼마나 신이 나 있는지 가족들은 모두 느낄 수 있었다.

인터넷 브라우저 앱에 떠 있는 몇 개의 탭들을 보다 보면, 그때 그 시간을 묶어 두는 기분이다. 이 얼마나 간단한 타임캡슐인가. 여행 다니면서 사용한 앱과 인터넷 창에 띄워 둔 페이지들을 지우지 않고 내버려 두는 것을 21세기형 타임캡슐이라고 말할 수 있지 않을까? 그런데 생각해 보니 나는 3년 이내에 핸드폰을 바꿀 가능성이 크다. 한번 전원을 끈 핸드폰을 다시 작동시킬 일도 없을 것 같다.

역시 제일 오래가는 건 눈에 보이고 손으로 만질 수 있는 것들인지도 모른다. 여행에 일기장으로 쓸 작은 노트 두 권을 챙겨 간 건 몇 번을 생각해도 잘한 일이다. 자주 쓰지는 못했지만 일기 혹은 메모 같은 쪽글을 쓰면서 SNS에 올릴 수 없는 날것 그대로의 감정들을 토해 낼 수 있어 좋았다. 노트에는 창연에게도 말하고 싶지 않은 나만의 여행기가 있다. 들키고 싶지 않은 감정들이 있다. 지금 다시 읽어 보면 초등학생 때 쓴 비밀 일기장을 보는 느낌이다. 문장 하나하나에 유치하고 변죽이 들끓는 내가 보인다. 개중에는 내가 어떤 신앙 경험을 했는지 알 수 있는 글들도 있다. 있는 그대로의 마음을 글로 써 두길 잘했다. 유치한 건 유치한 대로, 한결 정리된 감정은 또 그것대로 좋다.

조만간 거실을 여행 사진들로 꾸미려고 한다. 조금 촌스럽더라도 한동안 여행 추억에 매달릴 생각이다. 조금만 더 애틋해지고 싶다. 어차피 몇 달 안 지나 천천히 사그라질 감정일 테니까. 그 전까지는 이 순간의 촌스러움을 즐기려고 한다. 귀차니즘에 빠져서 인화해야 할 사진 선택을 미루지만 않는다면. 컴퓨터에 백업해 놓은 여행 사진들을 몇 주가 지나도록 다시 안 열어 보는 일만 발생하지 않는다면. 마음은 이리도 애틋한데 몸은 왜 자기 혼자 쿨한 건지 모를 일이다.

#여행후원

침대에 누워 창연과 각자 핸드폰을 보며 쉬는데, 창연이 굳은 얼굴로 말했다.

"소망, 이것 좀 볼래?"

창연은 자신이 받았다는 인스타그램 메시지를 보여줬다.

'○○라는 카페에 창연님 부부와 관련해 모욕적인 언사의 글이 올라와 알려드려요.'

욕 들을 만한 일을 한 적이 없다고 생각하면서도 불안했다. 메시지 밑에는 여러 장의 캡쳐 이미지들이 첨부돼 있었다. 여행을 떠나기 몇 주 전에 지인들 몇 명과 열었던 일일찻집 관련 글이었다.

일일찻집은 긴 여행을 가기 전에 한꺼번에 지인들을 만나는 모임이었다. 세계 여행 소식을 알렸을 때 꽤 많은 지인들에게 연락을 받았다. 정말 회사에 사표 내고 가는 거냐고, 집은 어떻게 할 거냐고, 어떻게 이런 여행을 계획하게 되었냐고, 필요한 게 있으면 사 주고 싶으니 꼭 말하라고. 그들은 궁금한 게 많았고, 우리는 그들의 도움을 조용히 받고 넘어가기보단 함께 여행에 대해 얘기하는 시간을 가지면 재미있겠다고 생각했다. 일일찻집을 알리는 포스터를 만들어 SNS에 올리고 같이 먹을 라면과 간식을 준비했다. 지인들이 모인 날, 며칠 동안 준비한 PPT 파일을 텔레비전 화면에 연결해서 일일찻집을 빙자한 세계 여행 프레젠테이션을 했다. 아빠가 보내 준 축하 공연 영상도 함께 관람했다. 이적의 '걱정말아요'를 색소폰으로 연주한 동영상이었다. 사람들은 아빠의 연주를 들으며 편지지에 우리를 향한 응원의 메시지를 적었다. 그러다 간주 부분에서 갑자기 아빠가 섹소폰을 내려놓고 "우리 착한 사위, 딸. 건강하고 무사하게 여행 잘 다녀와요. (세상 다정한 목소리로) 걱정말아요, 그대"라고 말하는 바람에 전원 폭도하며 기절했다.

일일찻집 포스터를 창연이 SNS에 올릴 때 장난 반 진담 반으로 올린 문장이 화근이었다. '일일찻집에 오지 못하는 분들 중에서 우리의 여행 준비를 도와주고 싶으신 분들이 있다면 감사히 받겠습니다' 하며 계좌번호를 적었다. 일일찻집에 오지 못한 한 지인이 실제로 아무 연락 없이 창연 계좌로 돈을 보냈고 뒤늦게 알게 된 창연이 감사하다고 SNS에 글을 올렸는데 누군가 그 글을 캡처해 180만 명이 가입한 카페에 올린 것이다. "여행 후원해 달라는 거지가 있다더니 진짜 있었네"라는 멘트와 함께. 여러 방면으로 참 조심스러웠던 일일찻집이었는데 결국 이런 식으로 일이 터지는구나 싶었다. 카페 게시물에 달린 수십 개의 댓글을 모두 읽었다. '니 돈으로 가지 왜 돈을 달라고 하냐.' '어이없다.' '다른 장기여행자들 욕보이지 말아라.'

창연의 SNS 계정도 모자이크 처리 없이 공개돼 있었다. 군이 아이디를 검색해서 창연의 SNS를 확인한 사람이 있었는지, '가 보니까 진짜네'라고 쓴 댓글도 보였다.

창연에게 메시지로 이 일을 알려 준 사람은 우리와 일면식도 없는 사람이다. 그는 '누가 무슨 글을 올리든 무슨 상관이냐, 이런 것 다 명예 훼손이다'란 댓글을 적었다가 도리어 공격을 받았다고 한다.

이 게시물을 올린 사람은 '여행후원' 해시태그를 검색했다가 창연의 글을 발견하고 황당해했던 것 같다. 아니면 화가 난 걸지도. 돈이 없으면 세계 여행 같은 건 가지 말아야지, 왜 남의 돈까지 써 가면서 가냐는 논리였다. 웹상에서 누군가의 개인정보까지 들먹이며 성실하게 비하하고 조롱하는 게 어떤 감정에서 기인하는 것인지 생각해 봤을 때 분노와 상실감만큼 적절한 것을 찾기 힘들었다.

우리 때문에 분노하고 상실감을 느끼다니. 우리의 여행에 힘이 되고 싶다는 사람들이 늘어나서 다 같이 한 번에 만나면 재미있을 것 같아 준비한 모임일 뿐이었는데. 그렇지만 일일찻집을 연다는 글을 보고 일종의 부담감으로 후원한 이가 아예 없었으리란 보장은 없다. 역시 일일찻집 따위 열지 않고 두세 명씩 일반적인 약속을 잡아 만났어야 했을까. 그랬다면 우리 때문에 불편한 사람들은 없었을지도 모른다.

그런데 곰곰이 생각할수록 과연 그랬을까 싶다. 꼭 일일찻집 때문이 아니더라도 우리의 여행이 불편한 사람들은 얼마든지 있을 수 있다. 어떻게 삼십 대 중반에 회사 그만둘 생각을 해? 일 년씩이나 아무 수입 없이 돈을 펑펑 쓴다는 게 말이 돼? 다녀오면 재취업 자리는 있나 보지? 그리고 애는 언제 낳으려고? 세계 여행 간다니 좋겠다, 금수저인가 보네.

다른 사람의 행동을 탐탁잖게 여길 수는 있다. 하지만 전후 상황을 알지 못하면서 몇 줄의 글만 읽고 이렇게까지 열성적으로 누군가를 비하하는 사람들이 많다는 것에는 새삼 놀랐다. 웹에 올라오는 글에는 눈에 보이지 않는 전후 맥락이 존재한다. 모든 맥락을 파악한 상태에서 글을 읽고 비판하기란 어렵고, 다 알아야 할 필요도 없다. 그럼에도 공개적으로 누군가를 비난하려면 좀 더 치밀했어야지. 그게 귀찮아서 그냥 비난부터 하겠다면 개인의 자유이니 내가 끼어들 여지가 없다. 다만 타인의 ID를 공개할 땐 그만한 각오는 했었어야 한다고 생각한다.

나도 간혹 생판 모르는 사람의 SNS를 보면서 "이 사람

좀 이상한 사람 같아" 창연에게 얘기할 때가 있다. 그러나 그것과, 그 글과 ID를 캡처해서 카페에 올리고 사람들과 조리돌림 하는 건 아주 다른 얘기다. 나는 결국 일일찻집이 이 모양으로 결론 난 것 같아 슬프다.

며칠 뒤에 창연은 그 게시물을 올린 사람으로부터 메시지를 받았다. 그는 상황을 잘 알지 못하면서 무턱대고 비난해 미안하다고 했다. 게시물도 삭제했다고 했다. 게시물에 명예 훼손 운운하는 댓글이 달리고, 창연과 내가 이 일에 대해 SNS를 통해 화를 내고, 자신과 의견이 다른 사람들의 반응이 점점 늘어나자 겁을 먹은 것 같았다. 그는 잘 알지도 못하는 사람에 대해 공개적으로 비난하는 것이 옳지 않을 수 있다는 생각이 들었다며, 카페도 탈퇴했다고 했다. 창연과 나는 깜짝 놀라 "그렇게까지?"라고 중얼거렸다.

가끔은 사람들의 방향 틀린 성실함이 지긋지긋하다. 창연은 유명해지면 역시 곤란한 일이 많이 생긴다고 했다. 아, 연예인 하고 싶은데 하지 말아야겠다.

시베리아 횡단열차에서

2017. 6. 9

열차 안에만 있으니 시간 개념이 없다. 밥을 언제 먹었는지, 잠은 몇 시에 자야 되는지 모르겠다. 창연과 나는 오늘 새벽 2시 반에 일어나 3시 반에 떡으로 첫 끼니를 먹었다.

우리 침대는 1층이고 2층 침대에서 잔 첫 번째 사람은 과묵한 러시아 남자였다. 한참 자다가 일어나 보니 언제 내렸는지 가고 없다. 그다음에 2층 침대를 사용한 사람은 모자지간으로 보이는 사람들이었다. 그 모자는 열차가 역에서 정차할 때마다 (정차 시간이 3분밖에 안 될 때도) 한 번을 빼놓지 않고 열차에서 내려 맞담배를 피고 올라왔다. 아들은 나이가 많아 봤자 십 대 후반 같았는데. 시베리아 횡단 열차에서는 놀라운 장면을 자주 본다. 일하러 가는 듯한 북한 사람들도 봤다. 그들과 나는 서로를 알아보지만 말을 건네진 않는다. 블로그에서 봤던 글 중에 북한 사람과 얘기하면 일주일 안에 국정원의 연락을 받을 거라는 글이 있었다. 다 믿진 않지만 웬만하면 조심하는 게 좋겠지.

기분 탓인지는 모르지만 이 열차에 타 있는 러시아 사람들은 시종일관 무뚝뚝하고 차갑다. 그러면서 무심한 표정으로 아주 세심하게 우리를 도와준다. 열차 칸이 좁아 부피가 큰 짐은 침대 매트리스를 들어 올려 그 안의 수납공간에 보관하는데, 이 매트리스가 보통 무거운 게 아니다. 창연과 내가 매트리스를 붙잡고 낑낑대면 2층 침대에 누워 있던 러시아 남자가 쓱 내려와 아무 말 없이 (어차피 러시아어는 알아들을 수도 없지만) 도와주고 다시 아무 말 없이 쓱 2층으로 올라가곤 했다.

내가 탄 열차 칸을 담당하는 차장 언니도 삼 일 내내 차갑고 무서운 얼굴로 통로를 지나다녔다. 그런데 오늘, 찌뿌

둔한 몸을 좀 움직일까 싶어 다른 열차 칸으로 산책을 갈 때 차장 언니가 내 뱃살을 움켜쥐고 살포시 웃다가 지나갔다. 이게 뭔 상황이야 싶었다가 이제껏 보였던 이미지랑 너무 안 어울리는 친밀한 행동이라 오히려 마음이 놓였다. 열차 정차 시간에 소리를 버럭버럭 지르면서 열차 좀 빨리 타라고 나를 다그치더니, 그새 좀 친해졌다는 건가요. 내가 말은 못했는데 언니 진짜 카리스마 있고 멋져요. 언니 이름이 뭐예요? 언니 나이는 안 궁금해요. 멋있으면 무조건 언니예요.

횡단 열차에 타고 나서 공유 개념에 대해 끝없이 생각한다. 짧은 치마를 입고 탄 러시아 여자는 2층에 올라가기 불편했는지 내가 침대에 누웠을 때 자기 침대가 아닌 내 매트리스 빈 공간에 걸터앉아서 갔다. 나는 그 여자가 신경 쓰여서 옆으로 편하게 돌아눕지도 못하고 두 종아리를 딱 붙인 채 일자로 자야 했다. 어떤 이들은 내가 바람막이를 걸어 둔 내 개인용 옷 고리 위에 식재료가 든 봉투나 자신의 가방을 아무 말도 없이 걸어 둔다. 그들의 2층 침대에도 똑같이 생긴 고리가 있는데! 이 나라 사람들은 어째서 내 1층 침대에 비해 저렴한 위치의 침대를 예약하고 자기네 것이 아닌 내 침대와 내 옷 고리를 사용하는 걸까.

그들도 그럴 만하니 그런 행동을 했을 테고, 아예 이해를 못 할 정도의 일도 아니고, 내 테이블 위의 생수를 말없이 마셔 버리는 종류의 문제도 아니니까 그냥 넘기긴 한다. 한국이었다면 나는 이런 식의 문제를 참지 못했을 텐데. 한번씩 그들 짐 밑에 가려진 내 바람막이를 꺼내서 입고 다시 걸어 둔다든지 하는 유치한 행동을 하며 눈치를 줬겠지. 나는 사람들의 뻔뻔한 행동들이 지긋지긋했으니까. 아무렇지 않게 타인을 불편하게 만드는 사람들을 만나면 용납 정도는 해도 이해까지는 영영 할 수 없었던 나의 꼬레아 생활이 떠오른다. 그런데 여행한 지 며칠 됐다고 '공유 개념'이 어쩌고저쩌고하면서 부득불 이해해 보려고 애쓰는지 희한하다.

2

남에게도 내게도
너그러운 사람

지긋지긋한 일상에서 몇 걸음 떨어지기, 한 템포 쉬어 가기를 위해 각자의 쉴 곳이 허용되는 삶이었으면 좋겠다. 유럽행 비행기 티켓이 아니면 어떤가. 휴학이나 퇴직, 국내 여행, 지옥 같은 사람 정리하기 등 각자의 쉼터를 만들어 내는 게 또 다른 이름의 세계 여행이지 않을까. 아무것도 하기 싫어 휴학을 결정했다는 이에게 "휴학하고 뭐하려고?" 묻는 사람은 되지 말아야지. 서로의 여행을 응원하며 살고 싶다.

여행은 의외의 것들을
생각하게 만든다

여행할 때와 한국에서의 일상에 무슨 차이가 있나 생각할 때 가장 먼저 떠오르는 건 어깨와 목의 결림이 사라졌다는 점이다. 들고 다니는 배낭이 무거워서 어깨가 아픈 건 어쩔 수 없었다. 하지만 한국에서 시도 때도 없이 어깨가 뭉치고 목이 뻣뻣하게 굳던 일들이 거짓말처럼 사라졌었다. 컴퓨터 앞에 앉아 있는 시간이 절대적으로 줄어든 덕분이겠지만 몸에 가득했던 스트레스 자체를 여행 내내 느끼지 못했다. 나는 스트레스를 어깨로 받는 사람이었는데 마사지를 받지 않고도 어깨가 가볍다는 게 신기했다.

그다음으로 크게 다가온 변화는 일상의 분노가 사라졌다는 점이다. 한국에서의 나는 친구가 아닌 타인을 대할 때 늘 어느 정도의 긴장과 경계심을 유지했다. 이해하기 힘든 이상한 사람들이 집 밖에는 정말 많으니까. 버스를 탈 때도 부디 이곳에 분노조절장애를 가진 사람이 없길 기도했고, 지하철 플랫폼에 설 땐 줄을 서지 않고 뻔뻔하게 내 앞이나 옆에 붙어 새치기하는 사람이 나타나지 않길 원했다. 짧은 치마나 가슴이 파인 티셔츠를 입고 외출할 땐 5초 이상 내 몸을 빤히 쳐다보는 사람이 나타나지 않길 바랐다. 그리고 내 바람과 어긋나는 일들이 생길 때마다 크고 작게 분노했다. 다른 한국인들도 나처럼 화를 달고 사는 것 같았다. 어느 날은 거리를 걷는 모든 사람이 다 화로 가득 차 보인 적이 있다. 누군가 건들기만 하면 바로 분노를 터트릴 것 같은 얼굴들.

뉴스에서 사람의 이기심과 악랄함이 개입되지 않는 분야는 없다는 걸 확인할 때도 분노했다. 정치가들은 시민을 호구로 생각하는 것 같고, 장사꾼들은 소비자를 호구로 생각하는 것 같고, 시청자는 연예인을, 연예인은 자기 팬들을 만만하게 생각하는 것 같았다. 그럴 때마다 분노가 올라왔다. 어쩜 이렇게 서로를 무시하고 괴롭힐 수 있나. 한국은 다른 인간을 무시하고 괴롭혀야만 살아남을 수 있는 구조의 나라인가 싶었다.

그런데 여행 중에는 이런 긴장과 분노에 빠졌던 날이 별로 없다. 있었다가도 다음 날이 되면 사그라지는 수준의 것이었다. 다행히 한국에 돌아온 지금까지도 그 상태가 지속되고 있다. 여전히 집 밖엔 이상한 사람들이 많은데 (다행히) 그다지 화가 크게 나지 않고, 화가 난다고 해도 오래 가지 않는다. 지하철에서 어떤 이가 나를 격하게 밀치며 지나가도 속으로 '짜증나!' 소리치지 않는다. 이건 정말 엄청난 변화다. 그전에는 일상의 분노를 가장 자주, 크게 느끼던 장소가 지하철이었기 때문이다. 출근길에 지하철의 계단을 정신없이 뛰어 올라갔는데 눈앞에서 지하철 문이 닫혀서 타지 못하면 그게 그렇게 열불이 났다.

지금은 내가 그 정도로 예민하게 굴지 않는다는 점이 너무 좋다. 마음이 정말 편하다. 이 상태가 오래 지속되면 좋겠다. 짜증나는 순간이 찾아오면 나 자신을 분노 속에 오래 놓아두지 않기 위해 일부러 다른 생각을 한다. 요즘 읽고 있는 재밌는 책, 창연과 농담하면서 웃었던 순간 같은 것. 별것 아니지만 분노의 감정에서 벗어나는 데 확실히 도움이 된다. 그리고 지금 이곳이 한국이 아닌 낯선 나라이고, 내 눈앞에 있는 사람들이 한국인이 아닌 외국인이라고 생각하면 희한하게 주변 상황에 덜 예민해진다. '대체 왜 이렇게 무례한 사람들이 많을까' 스트레스를 받는 대신, '오늘은 이런 일을 겪었군. 괜찮아. 이런 날도 있고, 저런 날도 있지' 하게 된다. 이제 아주 조금, 정혜윤 작가님의 『여행, 혹은 여행처럼』 속 구절을 흉내 낼 수 있게 된 건지도 모른다.

"낯선 것에 귀를 기울이고 마음을 열어두려 함, 도리어 차이에서 어떤 가치를 끌어내려 함. 일상에 돌아온 우리가 여행에서 바로 이런 간절함을 배운다면 우리는 길을 물어보는 낯선 사람, 우리와 완전히 반대되는 의견을 가진 사람, 두 번 다시 보고 싶지 않은 사람에게도 더 친절할 수 있을지 모른다."

여행지에서 누리던 여유와는 반대로, 내 눈에는 좋아만 보이던 나라에 사는 이들이 실상은 어떤 스트레스와 분노를 겪으며 사는지도 알게 됐다. 예를 들어 창연과 내가 정말 좋아했던 스페인에는 실업 문제가 상상 이상으로 심각했다. 스페인의 2018년 전체 실업률은 16%였고 청년실업률은 무려 40%대였다. 마드리드에는 한국에서 찾아보기 힘든 젊은 나이의 홈리스가 많았다. 그중에는 내 또래로 보이는 커플 홈리스도 있었는데 그들은 커다란 개와 함께 시내의 한 가게 앞에 매일 쪼그리고 앉아 있었다. 그들을 처음 본 날엔 너무 당황해서 나도 모르게 그들을 오래 쳐다봤다. 홈리스에는 남녀 구분이 없고, 이상한 표현이지만 잘생기고 예쁜 사람들도 많았다. 나는 특히 그 커플 홈리스 옆을 지날 때마다 죄스럽고 떨렸다. 열 명 중 네 명이 일자리가 없어 고통받는 나라에서 나는 아름다움을 발견하는 여행자였고, 이 나라에 또 놀러 오고 싶다고 생각하는 사람이라 부끄러웠다.

장기 여행은 여행이라기보단 어느 정도 일상의 연속이라는 생각을 하긴 하지만, 사실 외국에서 여행을 한다는 건 정말 완벽한 비일상의 행동이다. 난 여행자니까 그 나라 국민에겐 일상일 나쁜 세금 제도를 겪을 일이 없다. 치안이 좋지 않은 나라는 아예 가지 않거나 짧은 기간 동안 덜 위험한 도시들만 골라 다닐 수도 있다. 일상생활에서 겪을 수 있는 무수한 분노를 피할 수 있는 것이다. 얼마나 편리한가. 그런데 이건 여행의 장점이지만 함정이기도 하다. 고작 며칠 혹은 몇 달, 그것도 나쁜 것들을 피해 다닌 나라와, 삼십 년 넘게 볼꼴, 못 볼꼴 다 봐 온 내 나라를 자꾸 비교하게 된다.

"사람 사는 게 어느 나라나 다 거기서 거기지. 그 사람들도 우리랑 다 똑같이 살어"라는 말도 절반만 맞는 것 같다. 다들 밥 벌어먹고 산다는 점은 비슷하지만 그 밥 벌어먹을 때 생기는 고통의 종류와 정도는 나라마다 다를 수 있다. 언젠가 외국에서 살게 되는 날이 온다면 여행자로서는 전혀 겪지 않아도 될 고통, 분노를 느끼게 될 것이다. 누구 말마따나 삶이 원래 지옥이고 고통이라면.

광야에서
잘 사는 법

호주의 시드니를 여행할 때 우리를 기꺼이 자기 집에서 재워 주고 현지인피셜 맛집과 근사한 곳을 구경시켜 준 백 언니의 가족이 시드니의 겨울을 피해 한국의 여름을 즐기러 왔다. 여행 중에 만난 사람을 한국에서 다시 만난 경우가 몇 번 있지만 백 언니네만큼 빠르게 다시 만난 적은 없다. 우리는 고작 두 달 만에 다시 만났으니까. 백 언니가 이민 가기 전에는 오히려 일 년에 한두 번 만나는 사이였는데 세계 여행과 이민이 우리를 더 가깝게 만들었다.

언니네가 호주에서 그리워했을 한식이 무엇일까 궁리했다. 시드니의 거대한 한인 식당가를 떠올리면 없어서 먹지 못한 음식 같은 건 없을 것 같았지만.

"7월 중순은 얄짤없이 더울 테니, 그렇다면 역시 냉메밀이지 않니?"

창연에게 의견을 묻자 창연은 이미 한 젓가락 음미한 듯 눈을 가늘게 뜨고 조용히 감탄사를 흘렸다. 우리는 좀처럼 가 볼 일 없던 서울 강남의 한 메밀집에서 만나기로 했다. 내가 여행하는 사이 대세가 된 TV 예능 프로그램에서 어떤 연예인이 단골집으로 꼽은 곳이라고 했다. 평소에는 그런 말을 크게 담아두지 않다가도 왜 이런 약속을 잡을 때 기어이 의지하게 되는지. 여행을 할 때도 맛집을 검색해 찾아다니는 여행 스타일을 피했는데, 가끔 외국인 여행자들이 사용하는 여행 앱의 추천 맛집 한두 군데는 찾아가곤 했다. 심보조차 일관성이 없다니, 이건 약간 부끄럽다.

언니는 남편인 근이 오빠와 함께 유모차를 밀며 식당에 들어섰다. 시드니에서 만난 첫날, 대수롭지 않다는 듯 "어, 왔네" 했던 것과 달리 아주 오랜만에 만난 것처럼 반가워

하며 웃었다. 나도 나지만, 일 년 만에 서울 땅을 밟은 언니는 지금 어떤 기분일까. 해외여행 온 기분일까. 삼십여 년간 부대끼며 살던 곳에서 이따금 방문하는 곳으로 바뀐 한국이 언니에게 어떤 공간으로 다가왔을지 가늠하기 어려웠다. 언니가 '한국에 온 게 맞구나' 느낀 순간이 언제인지도 궁금했지만 묻지 않았다. 나는 할 수 있다면 더 좋은, 뻔하지 않은 질문을 던지고 싶었다.

아주 오래전, 언니가 미국에서 수년간 공부하고 돌아왔을 때 나는 만나자마자 "언니 살 엄청 빠졌다!" 얘기했고, 언니는 "한국에선 사람들이 만나자마자 몸매 얘기 아니면 나이 얘기부터 꺼내는 것 같아"라고 말했다. 그날 밤, '나는 왜 아무렇지 않게 면전에 대고 몸매 얘기를 꺼내는 사람이 돼 버렸는가' 후회하며 이불킥을 했다. 언니는 내게 '몸매는 몸매일 뿐, 칭찬을 하거나 비난해도 되는 대상으로 생각하면 안 된다'는 걸 최초로 가르쳐 준 사람이다. 본인은 모르겠지만.

우리는 만나자마자 정신없이 지난 두 달간의 이야기를 풀었다. 네 사람 모두 두 달 전과 크게 다르지 않은 삶을 살고 있었다. 부부끼리도 해결해 줄 수 없는 각자의 걱정과 우울감, 그럼에도 그런 생각과 감정에 매몰되지 않으려고 발버둥치는 노력, 각자가 품은 소망의 방향을 서로 지지하는 삶에 대해 한참 이야기했다.

호주에서 만난 다른 한인들은 우리 부부에게 할 수만 있다면 호주 이민 준비를 하라고 조언했었다. 그만큼 호주의 삶을 만족스러워 했다. 하지만 근이 오빠는 자신이 생각하는 윤택한 인생은 호주가 아니라 한국에 있다고 생각하는 이민자였다. 도리어 호주에서의 삶을 광야로 비유했다. 오빠는 몸의 편함만 생각하면 한국으로 돌아오는 게 맞지만 이 광야의 삶이 자신에게 가르쳐 주는 것이 있기 때문에 호주에 있는 것이라고 했다.

나는 근이 오빠의 이야기를 오래도록 곱씹어 생각했다. 어느 나라에 살든 오빠의 몸과 마음과 영혼이 모두 넉넉히 건강하길 바랐다. 행여 몸이 힘들어서 한국으로 돌아온다 한들 어떠랴. 나는 오빠와 언니를 지지할 것이다. 창연과 나는 여행을 떠나기 전에 "만약 여행이 너무 힘들어서 한 달도 못 채우고 한국에 돌아오게 되면 어떡하지. 당분간 아무에게도 말하지 말고 조용히 있자"며 반농담조로 약속했었다. 떠나는 것도 돌아오는 것도 다 우리를 위하는 일인데 둘 다 참 스스로에게 야박했다.

백 언니와 근이 오빠는 내가 여행 가기 전에 소설을 쓰려다가 실패한 걸 알고 있다. 그때 사용하던 노트북을 여행 내내 들고 다니느라 노트북 앞판이 벌어지고 전선들이 밖으로 삐죽 튀어나왔는데도 계속 사용해 왔다는 것도.

언니는 우리를 만나기 전에 용산에 볼 일이 있어 조금 늦게 도착할 거라고 연락했었는데, 설마설마했던 일이 발생했다. 집에 가려고 일어서는데 오빠가 줄 것이 있다며 새 노트북이 든 박스를 건넨 것이다. 호주에 살게 되면 인심이 후해지는 것일까. 그런 건 아니겠지. 근이 오빠는 사는 것 자체가 광야라고 했는데! 받을 수도 받지 않을 수도 없어서 "아, 대체 왜 그래요!"라는 말만 나왔다.

오빠가 말했다.

"앞으로 글 쓸 사람인데 좋은 노트북을 써야죠."

당연하다는 말투에 나는 괜한 반발심이 들었다. 내가 글 쓰는 사람으로 살게 될지 아닐지 오빠가 어떻게 아느냐고 묻고 싶었다. 그땐 그 노트북으로 이 책을 쓰게 될 줄 꿈에도 몰랐다. 우리의 앞날을 진심으로 응원하고 심지어 기대하는 타인 앞에서 나는 마음이 무거워졌다.

"우리 이제 정말 잘 살아야 돼, 창연아."

"그래. 너 꼭 소설 써야 돼."

아직 직장도 없고 어떻게 살아야 될지 고민인데 심지어 잘 살아야 한다니. 원하는 삶이지만 편한 삶처럼 들리진 않았다. 근이 오빠가 "소망 씨, 인생은 광야예요" 말하는 것 같았다.

D+46

삶을 위한
끔찍한 낭만

통장 잔고가 점점 줄어든다. 사고 싶은 것 안 사고, 먹고 싶은 것 덜 먹고, 약속을 최대한 줄이면서 생활비를 아끼고 있지만 그런다고 돈이 불어나는 건 아니다. 일 년 정도 쓸 최소한의 돈만 통장에 남겨 놓은 채 여행을 떠났는데, 다녀오니 예상하지 못한 큰돈 나갈 일들이 생겨 요새 살짝 애가 타고 있다.

가끔 서로의 SNS를 왕래하는 대학교 선배에게서 연락이 왔다. 나와 두 학번 차이 나는 선배가 단편 영화를 연출

하는데 연출부 스태프가 필요하다고 했다. 총 4회 촬영을 해야 하며 1회 촬영할 때마다 열두 시간씩 일하고, 내게 할당된 페이는 40만 원. 요즘 정말 생활비를 아끼며 살고 있기 때문에 그 돈이면 한 달 생활비의 절반에 가까웠다. 한여름 기온이 서서히 정점을 향하고 있었지만 제안을 거절할 이유가 못 돼 하겠다고 했다.

촬영장에는 졸업하고 십 년 만에 만나는 선배들이 많았다. 선배들은 연출부 막내에 내가 들어와 든든하다고 말하면서도 미안해했다.

"이런 건 18, 19학번 애들이 해야 하는 일인데 네가 와서 민망하다, 야."

이 말을 들을 때마다 내가 더 면구스러웠다.

"오랜만에 촬영장 냄새 맡고 좋아요. 그리고 사실 언니, 오빠들이랑 있으니까 여전히 스물세 살과 스무 살로 만나는 것 같아서 제 나이를 잊고 있었어요. 이 나이에도 막내 대우 받아서 저는 좋아요. 재미있게, 잘해 보겠습니다!"

연출가 오빠와는 내가 스무 살인가, 스물한 살일 때 다른 연출가 선배의 촬영장에서 함께 일해 본 게 전부인 사이다. 당시 오빠는 연출이 아닌 촬영을 하고 싶어 했던 것 같은데 내 기억이 틀렸는지, 오빠는 학부 졸업 이후에 연출을 공부하겠다며 유학도 갔다고 했다. 나는 중학생 때부터 영화감독을 꿈꿨다가 대학교 입학 3년 만에 내 길이 아님을 깨닫고 꿈을 접었다. 난 영화를 사랑하지만 영화 만드는 걸 그만큼 사랑하는 사람은 아니었다.

촬영장에서 내가 맡은 일은 슬레이트 치기, 배우 의상과 메이크업 챙기기, NG가 나면 소품들 제자리에 가져다 놓기, 촬영하는 동안 근처를 지나가는 사람이나 자동차가 카메라 앵글에 걸리지 않도록 막기 등 자질구레한 일들이었다. 그중에서도 스태프와 배우들의 컨디션을 챙기는 게 제일 중요했지만 시간이 갈수록 이건 내가 어찌할 수 있는 일이 아니라는 생각이 들었다.

3회차 촬영 날, 촬영지인 강북구에 폭염 경보가 울렸다. 서울에서 제일 온도가 높다는 강북구는 그날 40도를 기록했다. 카메라의 REC 버튼이 눌리고 배우가 연기를 시작하면, 에어컨도 켤 수 없는 오래되고 좁은 빌라에서 뜨거운 조명기와 사람들이 내쉬는 더운 숨에 모두 말 그대로 서서히 녹아내려 갔다. 아스팔트에 껌처럼 붙어 버렸다가 몇 초 만에 아스팔트와 함께 녹아 소멸하는 기분이랄까.

　나는 이번 여름 모든 한국인이 산 듯한 미니 선풍기를 들고 다니다가 쉬는 시간이 되면 배우 손에 선풍기를 쥐여 주거나 직접 배우의 얼굴을 향해 바람을 날려 주었다. 제작부 스태프가 들고 온 파초선 같은 커다란 부채로 스태프들 사이를 돌아다니며 부채질도 했다. 촬영 감독님은 이렇게까지 할 필요 없다며 쉬라고 했지만, 내가 생각하는 연출부 막내란 팀의 시다바리, 곧 하인 역할을 자청하는 이에 가깝다. 나는 그 자리가 초라하다고 생각하지 않는다. 무슨 일을 어떤 시점에 해야 하는지 알고 있고, 이 일에 어느 정도 자신이 있고, 무엇보다 이 일이 즐거웠다. 나는 촬영장에서 내가 할 수 있는 모든 일을 찾아내 하고 싶었다. 사실 그럴 수 있는 이유는 '사활을 걸면서 해야 할 본업이 아니고 재미있는 사람들과 만나 잠깐만 고생하면 되는 일이기 때문' 이었다. 이 단순한 이유가 고된 일도 재미난 경험으로 승화할 수 있게 만들었다.

　땀 흘리며 하는 노동은 정직해서 하루 종일 촬영장에 있다가 집에 돌아오면 몸은 만신창이어도 마음은 가뿐했다. 이력서도 잘 안 써지고 하루가 희멀겋게 지나가는 느낌을 자주 받았는데, 요 며칠은 그런 생각이 덜했다. 창연이가 "역시 너는 기술자라 돈을 금세 번다. 우리 집 가장은 너야. 나는 아무것도 아니지"라며 일부러 더 처량한 표정을 짓고 얘기할 때마다 등짝을 때려야 했다는 것 빼고는 나쁠 게 없었다.

촬영을 하다가 밥을 먹거나 회의를 할 때마다 선배들은 내게 여행에 대해 물었다. 선배들은 경험을 중요하게 생각했다. "세계 여행을 했구나"라는 말보다 "그런 경험을 했구나"라는 말이 더 편하고 듣기에도 좋았다. 아무도 "그 경험을 발판 삼아 이후의 인생을 잘 설계하라"는 말을 하지 않는 것도 좋았다. 이십 대 때는 선배나 동기 너나 할 것 없이 영화 잘 찍는 사람이 되고 싶다는 열기로 들끓었는데, 서른 중반에 만난 선배들은 아궁이가 터지도록 쉬지 않고 나무를 집어넣어야 한다고 말하지 않았다. 그들은 예전처럼 후끈하진 않아도 뜨뜻했다. 나는 그 앞에서 편하게 숨 쉴 수 있었다.

선배들이 내게 궁금해하는 건 대체로 비슷했다. 제일 좋았던 나라 혹은 여행 경비 같은 것들. 어떤 질문에는 내가 입을 열기도 전에 옆에 앉아 있던 선배가 대신 대답을 해 주기도 했다.

"소망이 오늘 이 질문만 세 번째 듣는다. 소망이는 아이슬란드랑 모로코랑 쿠바가 제일 좋았대. 하나만 꼽을 순 없대. 또 뭐가 궁금하냐? 나한테 물어봐."

나는 선배들 사이에 껴서 네, 네, 웃으며 '다들 무사히 살아남아 집에 돌아가자고요' 생각했다. 이 더위에 단편 영화 촬영 스태프라니, 이것 참 끔찍한 낭만이다.

믿을 수가 없다.

여행 출발할 때 애니메이션 〈원피스〉가

막 사황 빅맘편 시작했었는데

지금도 계속 사황 빅맘편 이어지는 거 실화냐.

일 년이 누군가에겐 지난한 창작의 시간이었겠지.

지겹고 멋지시다.

이야기는
누구에게나 있다

최근 몇 주 동안 많은 사람들을 만났다. 대부분 내 여행을 후원과 기도로 응원해 준 친구들이다. 내가 그동안 어떻게 살았고 어떤 일 때문에 괴로워했고 무엇을 배우고 어떤 새로운 생각을 갖게 되었는지 그들은 내 SNS 글을 통해 잘 알고 있었지만, 나는 그들의 지난 일 년의 삶에 대해 아는 바가 별로 없었다.

창연과 내가 모두에게 다정다감한 스타일이 전혀 아닌데도 불구하고 일일찻집 때 많은 사람들이 와 준 걸 보고 다짐한 게 있다. '그들이 우리의 경험을 같이 누릴 수 있도록 성실히 여행기를 기록하겠다. 그리고 그 시간에 진행될 그들의 삶을 함께 응원하겠다!' 주말을 기다리며 월요병에 시달리는 직장인의 삶만이 이 세상을 살아나갈 수 있는 유일한 방식이 아니고, 회사 때려치우고 세계일주 가는 삶도 여러 답들 중 하나일 뿐이다. 나는 이왕이면 모두의 삶의 결이 다 달랐으면 좋겠고, 각자의 삶 속에 계신 하나님을 서로가 함께 누리며 살기를 바랐다.

처음으로 약속을 잡고 만난 사람은 곤이였다. 곤이는 가벼운 마음으로 건강검진을 받으러 갔다가 뜻밖의 결과가 나와 퇴사하고 집에서 요양 중이었다. 태어나서 누군가를 저주하거나 욕한 적이 단 한 번도 없을 것 같은 곤이. 이 아이는 자신의 신체적 고통에 대해 얘기할 때도 스스로를 안쓰럽게 여기거나 왜 자신에게 이런 일이 생긴 건지 모르겠다고 원망하지 않았다. 곤이는 애당초 자기 속내를 잘 드러내지 않는 사람이다. 그런 그가 아프다고 말하면 진짜 심각한 고통일 것만 같아서 '제발, 아프다고 하지 말아라' 속으로 바라고 바랐다. 건강관리가 최우선이라는 말을 내내 들으며 여행했던 내가 왜 다른 사람들에게는 그것을 강조하지 않았는지 반성했다. 진짜 건강을 챙겨야 하는 사람은 회사에서 매번 인내의 한계선을 넘나들고, 그러면서도 아무 내색 못한 채 공손한 말투와 자상한 태도로 살아가는 곤이 같은 사람인지도 모른다.

곤이는 병을 앓고 있다는 것 말고는 도리어 얼굴도 좋아지고 삶도 훨씬 편해진 것 같아 마음이 조금 놓였다. 곤이는 쉬는 김에 여행을 다니기로 했다며, 다음 달에 출발하는 알래스카행 비행기 티켓을 끊었다고 했다. 알래스카라니! 북극에서 1년 동안 살아보는 게 꿈인 나는 부러움에 몸이 떨렸다. 여행 다녀온 지 몇 주 되지도 않았으면서 누구를 부러워하는 거냐는 말이 돌아왔지만, 그게 다 무슨 소용인가. 지금 현재 여행 계획 잡혀 있는 사람이 최고지.

나는 곤이에게 라마 인형을 건넸다. 지인들에게 줄 선물로 무엇이 좋을지 여행길에 고민을 많이 했는데 라마라는 동물이 주는 이국적인 느낌이 세계 여행과 잘 어울리는 것 같았다. 진짜 라마 털이 복슬복슬 달린 이 인형은 페루의 쿠스코 시장에서 산 것인데, 우체국 직원이 내가 쓴 영어 주소를 이상하게 읽고 자꾸 있지도 않은 동네로 배송하려는 바람에 잔뜩 긴장했었다. 라마를 받은 곤이는 마치 집 한 채를 선물 받은 사람처럼 웃으며 좋아했다. 곤이와 헤어질 때 맛있는 것 많이 먹고 좋은 데도 많이 다니고 푹 쉬라고 얘기했다. 곤이는 또 사람 좋은 얼굴로 웃으면서 알겠다고 했다.

그다음에 만난 친구는 쏭이다. 아주 똘똘하고 사랑스럽고 "'안주'야말로 내가 제일 못 하는 짓"이라고 말할 것 같은 쏭. 만약 내 주변에서 누군가 세계 여행을 간다면 아마도 쏭이 되지 않을까? 나는 여행 도중 쏭에게 얼른 세계 여행을 떠나라고 부추기곤 했다.

쏭은 그동안 다니던 대안학교에서의 교사 생활을 접고, 홈스쿨을 하는 아이들과 그들의 부모를 가르친다고 했다. 홈스쿨은 알겠는데 그걸 하는 학생과 부모들을 만나는 교육 시스템은 대체 무엇인지 궁금한 게 많아 창연과 나의 질문은 끊이지 않았다. 쏭은 '좋은 교육'에 대해 계속 고민 중이라고 했다. 그 진지한 얼굴이 근사해서 창연과 나는 숨을 죽이고, '쏭아 너 하고 싶은 거 다 해'라는 마음으로 그녀의 얘기를 경청했다. 그래, 세계 여행은 나중에 가도 되지.

오랫동안 하고 싶어 했던 드라마 작가 일을 본격적으로 시작한 랑은 그렇지 않아도 작고 마른 얼굴이 거의 소멸할 지경일 때 우리와 만났다. 역시 드라마판은 힘든 곳인가 보다. 랑은 여행 전에 우리에게 조용히 돈을 보내 놓고 알려 주지도 않았다. 창연이 SNS에 감사하다고 올렸던 글 속의 주인공이 바로 랑이다. 랑이 고생해서 쓴 드라마는 곧 제작에 들어간다고 했다. 랑의 이야기를 듣다 보니 드라마를 쓰는 일이란 세계 여행을 하는 일만큼이나 역동적인 일이라는 생각이 들었다. 와, 내가 여행하는 동안 누구는 드라마를 만들고 있어. 대단하지 않나.

세계 여행은 떠나기 전부터 의외의 만남과 재미있는 이야기를 계속 만들어 줬는데 여행이 끝난 이후에도 마찬가지다. 어쩌면 우리는 여행 때문에 가까워진 사이라고 할 수 있겠다. 사람마다 차이가 있지만, 여행 이전에는 그들과 내가 서로의 이야기를 이렇게 열심히 들은 적이 많지 않았다. 사람 만나는 것을 좋아만은 하지 않는 내가 누군가에게 내 얘기를 계속 들려주고 사람들에게 흥미로운 이야기들을 갈구하러 다니는 요즘이 낯설면서도 신선하다. 재밌다.

이야기는 누구에게나 다 있더라. 일 년 동안 아무런 일도 일어나지 않은 사람은 아무도 없었다. 세계 여행을 가지 않아도 짜릿한 일들은 얼마든지 일어났고, 새로운 사람들을 만나지 않아도 생각의 폭이 넓어질 만한 일들은 발생했다. 그리고 정말 모든 사람이 일 년 동안 매우 성실하게 살았더라, 우리를 포함해서. 성실함이란 모든 능력을 끌어올려 가시적으로 뭔가를 이루어 내는 사람에게만 어울리는 단어가 아니었다. 고민과 불안, 시도와 실패와 관련된 말이었다.

쿠스코
창동

한낮에 숨 쉬는 게 어렵지 않은 걸 보니 더위가 서서히 지나가는가 보다. 올해도 에어컨 없이 살아남는 데에 성공했다. 에어컨을 사고 싶지만 큰돈 나갈 일은 최대한 만들고 싶지 않다. 자연도 지키고 싶다. 그런데 자연을 지키다가 나를 못 지키고 죽을지도 모른다는 현실 공포가 요사이에 좀 든다.

"창연, 내년에는 에어컨 살 수 있을까."

"모르지. 네가 사면 사고, 안 사면 안 사는 거지."

창연은 매사가 내 위주다. 대답하기 귀찮아서 저러나, 싶을 때도 있었는데 연애 8년에 결혼 기간 4년이 넘어서자 10번 중 9번은 진심으로 하는 얘기라는 걸 알게 됐다. 창연은 에어컨이냐 절약이냐 자연이냐 아직 정하지 못한 나 때문에 낮에 집에 있을 땐 아이스 팩을 껴안고 대나무 돗자리 위를 거의 벗어나지 않는 자연인의 모습으로 버틴다. 그러다가 해가 떨어지면 그제야 좀 봐 줄 만한 모습으로 돌아온다. 산책은 밤 9시쯤, 햇빛의 흔적을 찾을 수 없는 시각에 시도한다. 습기의 끈끈함은 아직 가시지 않았지만 이때라도 나가지 않으면 하루 종일 에어컨 없는 집 안에서 버티기만 하는 것이다.

오늘도 무사히 생존한 기념으로 늦은 밤 집 밖으로 탈출했다. 밤의 산책길에는 낮에 보이지 않던 것들이 보인다. '빤하쿠(パンハク)역' 네온사인 같은. 지하철 방학역의 표지판을 보는데 오늘따라 일본어 글자가 귀엽게 읽혔다. 우리 동네는 드라마 〈응답하라〉 시리즈의 배경인 쌍문, 왕년의 향락촌 수유, 강북의 대치동 노원과 가깝다. 서울의 집촌들이 흔히 그렇듯 재개발 이전의 90년대 분위기가 곳곳에 남아 있다. 방학역의 오래된 지상철 외곽 벽에 그려져 있는

벽화들은 아마도 구청의 솜씨일 것이다. 모든 그림이 캐릭터가 벽을 뚫고 나오는 동일한 콘셉트다. 헐크, 드라마 〈응답하라〉의 캐릭터들, 그리고 둘리. 뒤의 두 그림은 동네와 관련이 있지만 헐크는 어떤 연유로 여기까지 왔는지 알 수 없다. 헐크와 방학역. 이 둘 사이에 내가 모르는 관계가 있는 걸까?

이 동네는 남미의 도시들을 떠올리게 한다. 대형마트에서부터 재래시장, 길거리에 주저앉아 애호박을 파는 할머니 상인들의 가판대까지 다양한 덩치의 상점들이 혼재해 있다. 거리는 혼잡하고 아파트에 빌라에 오피스텔에 일반주택들도 빼곡한데 어느 골목도 정돈이 되어 있지 않다. 가끔 힙한 느낌의 골목이 들어서기도 하지만, 아무리 분위기가 바뀌어도 경양식당의 돈가스 위에 얹어진 제품 소스의 익숙한 맛, 딱 그 정도이다.

외국 친구들이 우리 동네에 놀러 온다면 이곳을 어떤 곳이라고 느낄까? 초고층 아파트가 없는 대신 대형마트가 십 분 거리에 네 군데나 있고, 근처 중랑천에 조깅 코스가 잘 조성되어 있으면서, 우리 집 뒷 베란다에 서면 도봉산 봉우리도 보인다. 그러니 그렇게까지 '대도시 서울'의 느낌은 덜 받을 것이다. 이왕이면 나는 "페루의 쿠스코와 비슷하다. 개발된 것 같으면서도 안 된 도시야"라는 말을 듣고 싶다. 쿠스코와 닮은 점이라고는 10%가 될까 말까 하지만.

쿠스코는 페루에서 두 번째로 큰 도시다. 마추픽추로 가는 길목에 있어 페루를 찾은 여행자들은 꼭 한 번은 들르게 되는 곳이다. 창연과 나는 그곳을 '남미의 블랙홀'이라 불렀다. 도시를 넓게 둘러싼 낮은 산에 판잣집이 빼곡해서 저녁이 되면 산 전체가 반짝이며 빛났다. 남미의 도시들이 밤에 유독 아름다운 이유는 빈민촌 때문이다. 이곳의 여행자들은 두 부류로 나뉜다. 남미에서 밤길을 걷다가 무슨 일을 당할지 모른다는 두려움에 숙소 안에만 있는 사람이거나 그럼에도 쿠스코의 야경을 눈에 담지 않는 건 바보라며 거리로 나온 사람으로.

우리는 대다수 도시들에서 전자였지만 쿠스코에서만큼은 후자였다. 쿠스코 대성당을 등 뒤에 두고 아르마스 광장 돌계단에 걸터앉으면 오래된 돌길이 노란 가로등 불빛을 받아 번들거렸다. 진짜 라마의 털로 만든 라마 인형과 알파카 니트를 어깨에 이고 지고 돌아다니는 아주머니들이 여행자들과 눈을 마주치며 무슨 말인지 짐작할 수 있는 스페인어를 하다가 돌아섰다.

아르마스 광장은 고산지대라 낮에도 제법 쌀쌀했지만, 특별한 것 없는 풍경을 구경하며 오후를 보내고 싶게 만드는 곳이었다. 커피가 생각나면 저렴하고 질 좋은 페루나 볼리비아 커피를 마시러 2층 테라스 카페에 올라갔다. 카페에서 멀리 보이는 이름 모를 산 정상에는 예수상이 팔을 벌리고 쿠스코를 굽어살피고 있었다. 완벽했다. 적당히 정돈되고 세련돼 장기간 여행하기에 불편함이 없는 곳. 한 달 동안 똑같은 일과를 반복하며 살아야 한다고 해도 기꺼이 그렇게 할 수 있을 것 같은 곳.

우리 동네가 그 쿠스코 같은 느낌이면 좋겠다. 서울의 장점은 갖췄으면서 무턱대고 다 부수고 개발하진 않았고 (아, 이제 곧 서울 아레나를 짓는다고 하니 이 부분의 미덕이 언제까지 갈지 확신할 수 없다), 주변에 큰 산이 많아 눈이 덜 피로하고, 저녁에는 하천에 모여 산책하거나 하천 너머의 동네를 관망하며 쉴 수 있다. 닭강정이나 어묵, 호떡 같은 길거리 음식들도 많고, 맛있는 아메리카노를 내려 주는 카페는 상가 하나당 한 개씩 있다고 해도 거짓이 아닐 것이다.

결론은, 외국 친구들아, 우리 동네에 놀러 와. 엄청난 것이 있진 않지만 너희랑 방학동 발바닥 공원을 산책하고 진흙 밟기 놀이도 하고 방학천 등축제에도 가고 싶어.

2년 만의
출근

오늘은 그렇게 기다리던, 혹은 오지 않았으면 했던 내 첫 출근일이다.

지난주에 면접 본 출판사에서 같이 잘해 보자는 연락이 왔다. 감사하다고, 바로 출근하겠다고 답했다. '다른 회사의 소식도 기다려야 봐야 하지 않을까' 하는 마음은 없었다. 이곳이 내게 면접을 제안한 유일한 회사였다.

면접을 보러 오라는데 회사 이름을 말해 주지 않아서 "죄송한데 어디 출판사시죠?" 물어볼 수밖에 없었다. 다행히 불편해하지 않고 바로 답해 주셨다. 이십 대 때 똑같은 상황에서 전혀 다른 경험을 한 적이 있다. "저희 말고 다른 데도 이력서 쓰신 거예요? 많이 쓰셨나 봐요?" 날카로운 목소리로 되묻는 상대에게 주눅이 들어 어버버했던 기억이 난다. 전화를 끊고 나니 너무 어이가 없어서 면접 보러 가지 않았다. 내가 이제껏 한 일 중 몇 안 되는 잘한 일이라고 생각한다.

나는 취직이 절실하면서도 이상한 인격체들이 모인 곳에 내 영혼을 저당잡히면서까지 직장인이 되지는 않겠다고 마음먹었다. 실제로 그렇게 할 수 있겠는가와는 별개로, 나 자신을 지키기 위한 다짐의 힘은 생각보다 강하다. 사장님과 장장 두 시간 동안 면접을 보면서 머릿속에서 내가 했던 다짐들을 계속 떠올렸다. 이 출판사가 그 다짐을 지킬 수 있는 곳일지 아닐지 궁리했다. 앞으로 어떤 일들을 겪게 될지 어떤 감정을 품게 될지 아무것도 자신할 수 없지만 그런 궁리를 하는 것만으로도 '내가 오랜만의 회사생활에 잘 적응할 수 있을까'라는 불안함을 조금은 잠재울 수 있었다.

건방질지 모르지만 나를 뽑아 주는 회사라고 해서 아무

곳에서나 일하고 싶진 않았다. 나는 충분히 궁리하고 셈하고 싶었다. 회사가 나를 선택하듯 나도 회사를 선택하고 싶었다. 그리고 이 회사와 나는 서로를 선택했다. 우리가 서로에게 좋은 선택이었기를 바랄 뿐이다.

한국에 돌아가면 어떤 태도로 다시 일을 하게 될 것 같은지, 여행 도중에 만난 한국인들과 얘기 나눌 기회가 몇 번 있었다. 회사원의 삶으로부터 일 년이나 떨어져 지냈는데 다시 회사로 돌아가면 적응을 잘할 수 있을지 고민되지 않느냐고 서로에게 물었다. 사람들의 대답은 제각각 달랐다. 뒤도 안 돌아보고 열심히 일해서 돈을 벌겠노라 말하는 사람이 있고, 다시 회사로 돌아가야 한다는 것 자체가 끔찍하다는 사람도 있었다. 나는 대화를 하면 할수록 회사와 노동, 노동자에 대한 생각이 선명하게 정리되는 걸 느꼈다.

"저는 회사에서 말하는 '까라면 까'가 예전에도 싫었는데, 지금은 완전히 증오해요. 예전에는 어느 정도 참고 다녔거든요? 이젠 아예 못 참겠어요. 만약에 내 상사가 무능력과 권위주의 크로스다, 그런데 나한테 완벽한 상사 대접까지 받으려고 한다? 나는 그 꼴 못 봐. 얼굴에 싫어하는

티 다 날 것 같아요. 그래서 큰일이에요. 이러면 한국에서 회사생활 어떻게 하죠?"

이런 말을 하는 내 마음 한구석에는, '돌아가서 회사에 다니고 싶지 않다, 일을 하더라도 프리랜서로 일하고 싶다'는 말을 창연에게 돌려서 하고 있는 것은 아닌가 하는 의문이 있었다. 창연 혼자 가정의 경제 문제를 짊어지게 하고 싶진 않지만 한편으로는 일 자체를 안 하고 싶은 마음 또한 있었다. 물론 이건 나뿐이 아니라 창연의 강한 욕망이기도 하지만.

창연과 나는 나이가 들수록 웬만하면 일을 안 하거나 덜 하면서 살고 싶단 마음이 강해지고 있다. 그런데 백수는 또 체질상 맞지 않는다. 우리는 이도 저도 아니다. 대체 워커홀릭과 백수는 어떤 사람들인 걸까? 우리는 이냥저냥 회사 다니다가 일 년 잠깐 일을 쉬고는, '이제 다시 시작해 볼까?' 하는 사람들이다. 애초에 워커홀릭이나 백수 기질을 갖고 태어난 사람들은 우리를 이해할 수 없겠지. 우리가 그들의 삶을 살아낼 수 없는 것처럼 그들도 우리의 삶을 살아낼 수 없을 것이다. 역시 각자의 삶이라는 게 있는 거니까 우리는 그저 우리 페이스대로 사는 게 최선이다.

열심히 일하며 살되 이렇게 살다가는 죽겠다 싶은 순간이 오면 쉴 것이다. 창연과 내가 선망하는 라이프 방식 중 하나는 남편과 부인이 번갈아가며 3년씩 일하는 것이다. 번갈아가며 '쉰다는 것'이 중요하다. 자녀가 생긴다면 회사에 다니지 않는 사람이 자녀를 돌볼 수도 있겠지. 창연은 실제 이런 삶을 사는 한국인 부부의 이야기를 들어본 적이 있다고 했다.

창연은 첫 출근하는 내게 말했다. 좀 다녀 보다가 아니다 싶으면 그만둬도 된다고. 이건 창연과 내가 서로에게 던지는 가장 쿨내 나는 말이다. 창연이 4년 동안 한 직장에 다닐 때 나는 늘 저 말을 창연에게 하곤 했다. 소설 쓴다고 집에 있고 창연 혼자 일할 때도 나는 똑같은 말을 했다. 그럴 때마다 창연은 "너는 진짜 일할 마음도 없으면서 괜히 그런다"고 했다. 어떻게 알았지. 그때의 난 일할 마음이 전혀 없었다. 물론 창연이 정말 회사를 그만둬 버리면 무슨 일이라도 하려고 용썼겠지. 여행 다녀오니까 창연의 취직이 생각만큼 잘 안돼서 나라도 먼저 하려고 용쓰다가 취직이 된 것처럼.

나의 출근에는 여러 의미가 담겨 있지만, 경력에 장장

2년이라는 공백이 있는데도 재취업에 성공했다는 점이 가장 크게 다가온다. 회사라는 곳과 너무 오래 떨어져 지내서 요즘에는 몇 개월 공백기가 재취업의 마지노선인지도 잘 모른다. 아무튼 2년이면 꽤 긴 것 아닌가? 세계 여행이 해외 유학 같은 커리어로 둔갑하는 직종도 있겠지만 인문서 단행본을 출간하는 출판사 취직에 세계 여행 이력은 아무 도움이 안 된다.

사장님은 면접 볼 때 내게 아이는 있는지, 임신 계획은 있는지 묻지 않으셨다. 이 나이의 여자에게 그런 면접은 행운이다. 만약 물으시면 무어라 대답해야 할까 집에서 많이 연습해 갔는데. 그러니 오늘은 우선 내 의미 있는 재취업에 축배를 올려야 한다. 회사가 집에서 얼마나 멀리 떨어져 있는지, 월급은 얼마인지, 그런 이야기는 앞으로도 할 날이 많을 것이다.

1년 만의 서울 지하철.

옆구리 살이 튀어나오도록
몸에 딱 붙는 폴라 티를 입고 나왔는데
예전만큼 신경 쓰이지 않네.
수치스럽지가 않아.

내 친구
쟝란

터키 카파도키아에서 같은 숙소에 머물며 친해진 쟝란은 내가 여행하면서 사귄 유일한 중국인이다. 중국인 여행자들은 매너 문제로 여러 나라에서 공공의 적 취급을 받았고, 창연과 나 역시 중국인들에게 좋지 않은 인상을 받은 적이 몇 번 있다. 그때마다 생각했다. 어떤 상황에서든 "역시 중국인들이란!", 이 말만은 하지 말자고. 좋은 중국인도 많을 텐데 내가 모르는 걸 거라고. 그런 생각 끝엔 여행 중에 중국인 친구를 사귈 수 있다면 좋겠다는 바람이 따라왔고 감사하게도 쟝란을 만났다.

하루는 숙소 주인이 누군가와 통화를 하다가 소리를 지르면서 눈물을 줄줄 흘린 적이 있다. 숙소 전체가 주인의 목소리와 울음으로 시끄러웠다. 숙박객이 아닌 주인이 소란을 피우는 건 처음 봐서 이게 대체 무슨 일인가 지켜봤는데 쟝란은 주인에게 적극적으로 다가가 그의 안색을 살피며 물었다.

"왜 우는 거야? 무슨 일 있어?"

"별것 아냐. 엄마한테 전화가 왔는데, 난 엄마랑 통화만 하면 싸우거든."

손님이 많은 숙소에서 엄마와 통화하다가 소리 지르며 우는 게스트 하우스 주인이라니. 참 할 말이 없다고 생각하던 순간, 쟝란이 덥석 주인의 어깨를 끌어안았다.

"Are you OK? Calm down."

껴안을 만큼 주인과 친해 보이진 않았는데. 아담한 키에 나긋나긋한 목소리를 가진 쟝란이 그렇게 과감히 터키 여자를 껴안는 걸 보고 속으로 약간 놀랐다. 순간, 서양인이라면 타인을 저렇게 확 껴안지 않을 텐데 '역시 동양인은 동양인'이라는 생각이 들었다. 이 순간에도 쟝란을 개인

이 아닌 인종으로 묶어서 판단하는 내가 멍청하다는 생각
이 바로 뒤를 이었고.

이 일 이후 창연과 나는 쟝란에게 호감을 갖기 시작했
다. 쟝란은 다른 문화권에 관심이 많고 타인의 말을 경청하
며 대화를 즐겁게 이어 가는 여자였다. 자신의 이야기를 하
는 시간의 두 배를 다른 사람의 이야기를 듣는 데 할애했
다. 그녀와 우리 부부의 여행 코스가 겹친 적은 없지만 우
리는 아침저녁으로 로비에 앉아 이야기를 나눴다. 그녀가
베이징 소재의 대학교 도서관에서 사서로 일한다는 것과
현재 호주인 남자친구가 있다는 것, 학교 방학 때마다 해외
여행 가는 게 취미이고, 여행을 좋아하지만 아직까지 한국
에는 와 본 적이 없다는 걸 알게 됐다. 나는 외국인과 친구
가 되면 반드시 하는 말, "한국에 꼭 놀러 오라"는 말을 쟝
란에게도 했다. 그녀는 생각해 보겠다고 말하고는 중국으
로 돌아갔다.

세계 여행이 끝나고 몇 주 뒤, 쟝란의 SNS에 경주에서
찍은 것처럼 보이는 사진 한 장이 올라왔다. 그녀가 방학
을 맞아 한국에 온 것이다! 갑자기 부담이 됐다. 당연히 만
나고 싶고 서울을 구경시켜 주고 싶긴 한데, 어디에 데리고

가야 한담. 머릿속에는 경복궁과 남산 타워밖에 떠오르지 않았다. 큰일이었다.

우리는 괜히 종로 단성사 극장 앞이라는, 소수의 한국인만 아는 예스러운 공간에서 만났다. 경량 패딩을 입고 카파도키아 여행을 했던 때와 달리 세 사람 모두 얇은 반팔에 가벼운 샌들 차림이었다. 쟈란은 나를 보자마자 와락 껴안더니 잘 지냈냐고 물었다. 어색하고 간지러웠지만 오랫동안 꼼짝 않고 서 있었다.

당연하다는 듯 우리는 광장시장 방향으로 걸었다. 연로하신 분들이 길거리에 가판과 돗자리를 펼치고 사용처가 불분명한 물건들을 판매하시는 걸 구경했다. 낡고 좁은 가게 안에도 누가 살까 싶은 물건들이 가득 쌓여 있었다. 나는 쟈란에게 서울에는 여러 풍경이 있는데 이 골목이야말로 내가 생각하는 서울의 대표 이미지이자, 내가 서울에서 가장 사랑하는 골목이라고 말했다.

내가 좋아하는 곳에 외국 친구를 데리고 오면 이보다 좀 더 사사롭고 작은 감정이 들 줄 알았는데 내 말을 듣고 진지한 얼굴로 거리를 훑는 쟈란을 보자 기분이 묘했다. 나를 자신들이 아끼는 공간에 데리고 가 준 외국 친구들 얼굴이 떠올랐다. 그 당시에는 잘 인지하지 못했지만 그들과 나는 정말 다정하고 다감한 순간을 공유했던 것이다.

우리는 전 세계인이 좋아할 메뉴인 닭칼국수를 먹었다. 쟝란은 한 그릇을 깨끗이 비웠다.

다음 목적지는 종묘였다. 종묘는 창연과 나도 처음이었다. 마침 중국어 가이드가 동행하는 시간이라 다행이었다. 창연과 내 부담이 확 줄었다. 그때도 웃겼지만 생각할수록 웃음이 나는 건, 한국인 가이드가 중국어로 설명을 하면 쟝란이 창연과 내게 영어로 통역해 주고 우리가 "오, 그렇구나"라며 고개를 끄덕였다는 것. 정말 웃긴 풍경이지 않나.

마지막으로 간 곳은 서울 시청이었다. 쟝란은 도서관과 시민청 모두 독특해 보인다고 말했다. 그녀는 역사 전공자답게 시청 건물을 지을 때 발굴됐다는 유물 전시 공간을 유심히 둘러봤다. 우리는 세월호 추모 공간에도 갔다. 그곳이 외국인 친구를 데려가기에 적절한 곳이었는지는 잘 모르겠다. 나는 한국의 다양한 면을 보여 주고 싶었다. 좋은 점뿐 아니라 아픔도 말이다. 세월호 사건을 짧은 영어로 설명하기 어려웠지만 쟝란은 수북이 쌓인 종이배를 보며 무언가를 이해한 것 같다. 세 명이 각자 흩어져 돌아다니다가 다시 만났을 때는 아무도 말이 없었다.

헤어지면서 다시 긴 포옹을 나눴다. 눈이 시큰거렸다. 쟝란은 내 눈을 똑바로 쳐다보며 차분하게 말했다.

"서울에서 너희를 만나 너무 좋았어. 다음에 또 보자."

다음에 또 보자는 말은 시인이 지어 낸 것인가. 우리는 서로의 얼굴을 눈으로 더듬다가 헤어졌다.

어울리지 않는
얘기

엄마에게는 다섯 명의 오빠가 있다. 엄마가 중학생 때 외할 아버지가 돌아가셨고 외삼촌들은 막냇동생인 엄마를 끔찍 이 귀여워하며 돌봤다고 한다. 엄마가 아빠에게 시집갈 때 외삼촌들은 "얘가 결혼을 한다고? 얘가 밥 짓고 살아야 된 다고? 어이구야" 걱정했다. 아빠에게 "우리 현숙이한테 잘 해 줘라"며, 당부에 당부를 거듭했다는 이야기도 들었다. 나는 이처럼 나를 살뜰하게 예뻐하는 오빠도 없고, 쌍둥이 처럼 일생을 함께 살아가게 된다는 언니도 없고, 조카 사랑이 그렇게 대단하다는 이모도 한 명 없는데, 엄마에겐 이모가 두 명, 오빠가 다섯 명이나 있다. 난 영영 경험할 수 없는 너비의 가족애 속에서 엄마는 유아기를 보냈을 거다.

다섯 명의 외삼촌은 조금씩 닮은 구석이 있는데 엄마는 그중 아무와도 닮지 않았다. 돌아가신 외할아버지와 외할머니의 젊은 시절 얼굴에도 엄마 얼굴은 없다. 하지만 엄마와 외삼촌들 사이는 마력의 단어로 이어져 있다. 바로 '현숙이'.

외삼촌들은 내 엄마의 이름을 부르는 유일한 사람들이다. 가끔씩 뵐 때마다 '우리 현숙이, 우리 현숙이' 그렇게 다정하게 부르실 수가 없다. 아빠도 엄마를 그렇게 부르진 않는다. (이제껏 한 번도 들어 본 적이 없지만 두 분만 있을 땐 서로를 무어라 부르는지 알 턱이 없다.) 외삼촌들이 날 보고 "네가 소망이라고? 현숙이 애가 지금 서른이 넘었다고?" 말할 때마다 나는 그 말의 방점이 내가 아닌 '현숙이'에게 찍혀 있다고 늘 생각했다. 삼촌들은 내가 서른 몇 살이 된 것보다 현숙이가 그때까지 애를 키워 냈다는 것이 놀랍고 자랑스러운 것이다. 어쩜 그렇게들 스윗하신지.

외삼촌들은 엄마와 나이 차이가 많이 나서 일찍이 노년을 맞이하셨다. 첫째와 둘째 외삼촌은 몇 년 전에 지병으로 떠나시고 외할머니도 돌아가셨다. 그리고 어제, 넷째 외삼촌이 돌아가셨다는 연락을 받았다. 추석 연휴 마지막 날이었다.

상 몇 개만 덜렁 놓여 있는 작은 장례식장에는 몇 년 내내 뵌 적 없던 친척 대여섯 분이 앉아 계셨다. 그렇게 사람 없는 장례식장은 영화에서밖에 본 적이 없어 조금 당황했지만 얼른 신발을 벗고 들어가 "저는 현숙이 딸, 소망이"라고 인사를 드렸다. 먼저 와 앉아 계시던 셋째 외삼촌이 "얘네 부부가 일 년 동안 세계 여행을 다녀왔대요" 큰 소리로 말씀하셨다. 어른들이 우리를 쳐다보며 한마디씩 하셨다. "오, 그래?", "대단하다!", "어디가 제일 좋았어?"

어쩌면 어른들은 넷째 외삼촌이 아닌 다른 사람의 이야기를 하고 싶으셨던 걸 수도 있는데 나는 장단을 맞춰 드리지 못하고 배슬배슬 웃기만 했다. 그러다가 "다 좋았어요…"라고 말했던 것도 같고.

넷째 외삼촌은, 좋게 표현하자면 한곳에 오래 못 머무

는 바람 같은 분이셨다. 젊은 시절에 부인과 자식들을 떠나 오랜 시간 혼자 사셨다. 엄마는 며칠 전 내게 전화를 걸어 외삼촌이 많이 아프시다는 얘기를 하면서 내가 알지 못했던 외삼촌의 일생을 들려줬다. 다섯 명의 외삼촌 중에 내가 제일 좋아하는 외삼촌은 넷째 외삼촌이지만 이야기를 듣는 순간에는 외삼촌이 그렇게 밉더라. 그러다가 곧 안쓰러워졌지만. 아빠는 예전부터 넷째 외삼촌이 껄껄대며 웃으면 그게 그렇게 쓸쓸하게 들린다고 했었다.

외삼촌은 고시원에서 돌아가셨다. 밤에 계단을 내려가다가 계단을 헛디며 넘어지셨고 그 상태로 일어나지 못하셨다. 몇 주 전에 큰 수술을 받고 퇴원하셨는데 돌아갈 곳이 마땅치 않아 잠시만 있자고 들어간 고시원이었다. 엄마는 형제를 고시원에서 재울 수밖에 없는 자신과 다른 형제들의 처지에 한숨을 내쉬곤 했다. 아마도 외삼촌이 수술을 받고 퇴원하고 고시원에서 돌아가시기까지의 몇 주 동안, 엄마는 내가 상상할 수 없는 긴 시간을 보냈을 거다.

나는 장례식장에서 홍어 무침을 뒤적이며 불 꺼진 고시원의 밤을 떠올렸다. 외삼촌은 왜 밤중에 방 밖으로 나왔던 걸까. 만약 외삼촌이 그날 뒤척이지 않고 편히 주무셨다면 아무런 일도 일어나지 않았을까. 그 밤이 아무 일 없이 지났다면 그다음 날, 또 그다음 날, 외삼촌은 그 방에서 어떻게 지내셨을까. 문득 넷째 외삼촌이 외국에 나가 보신 적이 있었을지 궁금했다. 그런 적이 있다면 아마 외삼촌은 한국에 돌아오지 않으셨을 거다.

어른들이 발인 절차를 상의하시는 사이 창연과 나는 다섯째 외삼촌과 외숙모를 마주보고 앉았다. 우리 사이에 넷째 외삼촌에 대해 나눌 만한 적당한 이야깃거리가 없었다. 외삼촌이 "그래, 여행은 어땠니?" 물으셨다. 나는 또 "좋았지요"라는 말밖에 하지 못했다. 우리가 다른 곳에서 만났다면 조금 더 많은 이야기를 들려드릴 수 있을 텐데. 장례식은 이제 꽤 많이 와 봤다고 생각하는데도 어떤 말을 해야 하는 곳인지, 어떤 말은 하면 안 되는 곳인지 여전히 분간이 안 간다.

육개장을 먹고, 어른들이 드신 음식들을 치우고, 발인은 누구누구 가는지 듣고, 이제 나는 집에 가야겠다 싶어 일어서서 어른들에게 인사를 드렸다. 셋째 외삼촌이 "너네는 정말 대단해. 일 년 동안이나 여행을 하다니" 말씀하셨다. 외삼촌의 눈빛이 반짝였다. 몇 년 만에 만난 외삼촌과 조카 사이에 나눌 이야기가 없어서 여행, 여행 한 게 아니셨던 건가. 그제야 내 마음에도 아이슬란드와 모로코와 쿠바가 두둥실 떠올랐다. 하지만 입 밖으로는 안녕히 계시라는 말밖에 나오지 않았다. '세계 여행은 넷째 외삼촌이 하셨어야 했는데…' 하는 생각만 들었다.

한국어 능력자의 피로

17. 12. 1

아빠와 보이스톡을 했다. 외국에서 한국인을 만나면 반갑
지 않느냐는 질문을 들었다. 그 천진난만한 목소리에 순간,
아빠가 원하는 대답이 나올 뻔했다. 마침 와이파이 신호가
약해져 드라마틱하게도 통화가 끊기는 바람에 거짓말은
하지 않았다.

　나는 주변에서 한국어가 들리면 우선 경계한다. 이 여
행 중에 내게 상처나 불편함을 준 사람은 대부분 내가 가
장 잘 알아듣는 그 언어를 쓰는 사람들이었기 때문이다.

이집트 샴 엘 셰이크 공항에서 만났던 네 명의 이십 대 무리는 우리에게 미니버스 한 대를 같이 빌려 공항부터 다합까지 같이 이동하자는 제안을 했었다. 하지만 일이 생각대로 풀리지 않아 택시를 나눠 타야만 했고, 택시 두 대를 세 명씩 나눠서 타자고 하자 그들은 "우리는 네 명이 같은 택시를 타면 더 싸게 갈 수 있어요"라며 순식간에 사라져 버렸다. 그 아이들이 그렇게 해서 아낀 돈은 고작 한 사람당 2,300원 꼴이었다. 창연과 나는 그들과 택시를 같이 나눠 탈 때 드는 비용보다 9천 원을 더 냈다. 우리에게 9천 원은 그리 큰돈이 아니다. 다만 이제껏 여행 방법을 같이 모색하던 사람들이 상황이 바뀌자마자 자신들의 이익만 챙겨서 쏙 사라진 모습에 마음이 상했다. "우리는 네 명이 같은 택시를 타면 더 싸게 갈 수 있어요"라니. 생각해 보면 이 말은 내가 너무 잘 알아들어서 더 상처받은 말이었다.

다른 지역 호스텔에서 만난 한국인 여행자들도 그들과 비슷했다. 다른 점이라곤 창연과 내가 직감적으로 그들을 피해 다녔다는 정도. 세 명의 20대 남녀가 함께 여행 다니는 걸 봤는데 그중 한 명이 돈 문제에 있어 나머지 둘에게 제법 깐깐하게 구는 것처럼 보였다. "그때 네가 나 대신 내

준 돈, 얼마였지?" 옆 사람의 질문에 그가 금액을 말하며
"그때(돈을 낸 당시의) 환율로 계산해서 줘"라고 대답했다.
날짜별 환율까지 깐깐하게 따지는 사람과의 여행이라니.
아니나 다를까, 깐깐하게 군 이가 화장실에 가자 나머지 두
사람의 구시렁이 시작됐다. "저 사람 좀 짜증나지 않냐?"

그런 말들이 하나하나 들린다는 게 이렇게 피곤한 일일
줄 몰랐다. 멀리 떨어진 곳에서 핸드폰으로 딴짓을 해도 다
들렸다. 한국어는 아무 노력을 기울이지 않아도 다 들리고,
단어 사이의 감정까지 다 해석된다.

창연과 내가 고가의 비용을 지불하고 참여한 투어의 막
판에 가이드가 혹시 팁을 줄 사람이 있으면 넣으라며 봉투
하나를 돌린 적이 있다. 봉투는 이 사람에게서 저 사람에게
로 옮겨 다녔다. 그날 가이드는 아주 훌륭했지만 우리는 이
미 지불한 투어비만으로도 꽤 부담이 됐던 터라 잠시 고민
하다가 빈 봉투를 옆 사람에게 건넸다. 우리에게서 봉투를
건네받은 여행자는 (하필) 한국인이었는데, 그 사람은 봉투
에 돈을 넣으며 혼잣말을 했다. "이럴 거면 각자 직접 주는
게 낫지 않나." 그때의 민망함이란. 똑똑히 들리는 그의 말
은 내 가슴을 찌르는 비수였다. 아, 나는 왜 한국어를 잘 알

아듣는 걸까. 독일인이 독일어로 말했다면, 이집트 사람이 아랍어로 얘기했다면 못 알아듣고 기분 좋게 숙소로 돌아 갔을 텐데. 한국인만 만나면 그중 절반과는 꼭 이런 상황이 생긴다.

가끔 길거리에서 창연과 내게 "한국인이세요? 우와, 오 랜만에 한국어 들으니까 너무 반갑네요"라며 다가오는 이 들이 있다. 그럴 때 나는 심장이 쿵쾅쿵쾅 뛴다. 너무 무서 운 것이다. 내가 한국어를 잘해서. 한국어를 잘 알아들어서.

3

즐거운 일을
찾아내는 기술

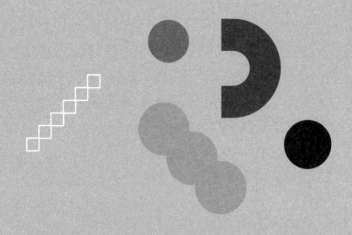

땀방울이 바닥에 뚝뚝 떨어질 정도인데 희한하게 기분이 좋았다. 몸은 힘들어 죽겠는데 정말로, 히죽히죽 웃음이 났다. 내가 요가를 이렇게 재밌어할 줄이야. 어디 요가뿐인가. 수영, 미싱질, 창연이 까부는 모습 동영상 찍기, 야밤에 산책하기 등 재미있는 일들을 하나씩 늘릴수록 1% 더 잘 살게 되는 기분이 든다. 번 것 없이 부자가 된다.

우리 동네에
세계 여행자가 산다 1

자의로 하루 종일 책 읽고 영화 보고 산책하고 때 되면 밥 차려 먹고 9시간 동안 푹 자면서 하루를 마감할 수 있는 날이 우리 인생에 며칠이나 될까. 그게 6개월이든 1년이든 혹은 그 이상이든, 평생의 삶을 생각할 때 그렇게 쓸모없이 길기만 한 시간이라고 생각하지 않는다. 나는 여행이 끝나고 취직을 하기 전에 이 시간을 최대한 여유롭게 보내겠다고 다짐했었다. 오히려 길게 늘어뜨리고 싶다는 생각도 종종 했다. 가끔 무료해서 좀이 쑤시긴 했지만 언젠간 이날들을 그리워할 때가 분명히 올 거라고 생각했다. 그리고 회사에 다니기 시작하자마자, 역시 '놀 수 있을 때 더 놀았어야 했다'는 생각부터 들었다. 하지만 네 달 넘게 구직 생활을 하던 창연은 스스로를 마치 쓸모없어진 인간처럼 여기며 싫어했다. 창연은 워커홀릭이 아니지만 백수 성향도 아니라는 것이 이번에 증명되었다.

"놀 수 있을 때 맘 편히 놀아. 언제 이렇게 하루 종일 쉬어 보겠어."

"나는 이렇게는 못살겠어. 넌 어떻게 일 년씩이나 집에 있었어?(소설 쓴다고 까불 때를 말한다) 난 못 해. 얼른 취직하고 싶어."

취직이라니, 회사라니, 상사 눈칫밥이라니. 나는 생각만 해도 기가 빨리는데.

현실감이라고는 쥐뿔도 없는 아내를 두고 창연은 혼자 일거리를 찾아 나섰다. 한국으로 돌아온 세계 여행자들의 삶을 SNS에서 구경하던 창연은 많은 이들이 여행 에세이를 출간하거나 여행을 주제로 강연을 한다는 걸 알고 자신도 해 볼 만한 것은 없는지 알아봤다. 그렇지만 할 만한 것이 없었다. 하고 싶은 건 많은데 해낼 수 있는 건 없다는 사실에 창연은 씁쓸해했다.

"나는 이렇게 놀고 있는데 이 사람들은 참 열심히 사네. 나는 책 읽는 게 전부인데 이 사람들은 책을 출간했어. 나는 뭐지. 나야말로 시켜만 주면 뭐든 할 수 있는 사람인데."

창연이 구시렁거리는 날들이 많아졌다. 그 사람들 잘나가는 것 보기 싫으면 (나처럼) SNS 팔로우를 끊으라고 얘기했고, 그러면 "알았어. 넌 취직도 했고 곧 네 책도 나올 거고 나보다 훨씬 잘났으니까 이런 내 맘 알 수 없겠지" 식의 오버하는 대답이 돌아왔다. 꼭 이렇게 매를 버는 사람들이 있다.

창연은 아빠가 책을 내라고 하기 훨씬 전부터 여행 에세이를 내고 싶어 했다. 지인들도 우리더러 세계 여행씩이나 했는데 눈에 보이는 결과물을 손에 쥐는 게 좋지 않겠냐고 했다. 그때마다 나는 대화 속에서 샘솟는 희망을 차단시켰다.

"생각해 봐요. 최근 3개월 내에 여행 에세이 산 적 있나요? (상대가 고개를 절레절레 흔들면) 나도 없어요. 나도 세계 여행 에세이를 산 적이 없는데 누가 내 책을 사서 보겠어요."

내가 너무 원천 차단을 한 까닭인지, 창연은 가끔 한 번씩 던지던 "독립출판으로 책 내면 좋을 텐데"라는 말조차 꺼내지 않았다. 그는 알고 있었다. 자신의 꿈을 이루기엔 아내가 너무 단호하고 소심하기까지 하다는 걸. 창연은 방향을 틀어야 했다.

어느 날, 창연은 아무도 불러 주지 않는 여행 강연에 대한 이야기를 꺼냈다. 강연, 까짓것 우리가 기획하고 진행하면 되는 거 아니냐고. 그편이 훨씬 더 재미있을 거라고. 하루하루가 무료하고 자신감도 바닥이었던 창연은 강연 기획에 재미를 붙였다. 주제도 금세 정했다. '우리 동네에 세계 여행자가 산다.'

웹드라마 〈우리 옆집에 엑소가 산다〉, 영화 〈이웃집에 신이 산다〉가 떠오르면서 입에 착착 감기는 문장이었다. 뭐라도 하려고 애쓰는 창연이 진심으로 대단해 보였다. 나는 창연의 엉덩이를 있는 힘껏 때리면서 "우리 창연이 하고 싶은 거 다 해" 칭찬했다.

"소망, 이런 거 어때." 창연은 생각나는 것들을 술술 읊었다.

"불특정 다수를 대상으로 하는 강연은 우리 전문 분야가 아니야. 우리는 특정 타깃이 있어야 된다고. 도봉구, 노원구, 강북구 주민들을 초대해서 '세계 여행이라는 게 그렇게 먼 얘기가 아니네? 우리 집 베란다에서 보이는 저 집 사람들도 다녀왔대잖아' 생각하게 만드는 거야. 어디 작은 공간 하나 빌려서 사람들을 모으고, 우리가 여행에서 한 호구짓이랑 여행 꿀팁, 돈 아끼는 방법들을 말해 주자. 아, 아르헨티나식 조식도 만들어서 아르헨티나 여행 얘기할 때 나눠 주는 건 어때? 그리고 포스터도 만드는 거야. '우리 동네에 세계 여행자가 산다'라고 쓰고, 부제는 '동네 이웃에게 듣는 세계일주 이야기'. 재밌겠지? 너도 하고 싶은 거 맞지? 나만 신난 거 아니지, 지금?"

"그래, 사람들만 온다면야 쿠바에서 배운 살사라도 추지. 다 까먹긴 했는데 연습 좀 하면 기억날 거야."

나는 창연의 들뜬 목소리가 나 때문에 가라앉지 않도록 최대한 톤을 올리고 큰 목소리로 대답했다. 내가 창연만큼 덜 신났다는 건 아니지만, 여행 이후로 창연이 이렇게 재밌어하는 모습은 처음이라 응원하고 싶었다는 게 보다 솔직한 마음이다. 창연은 쉬지 않고 아이디어를 냈다. 뭐든지 실행할 때보다 계획할 때가 즐겁다고, 창연의 머릿속에서는 사람들 앞에 선 우리 모습이 재생되는 듯했다. 나는 모르는 사람들 앞에 서는 게 편하지만은 않은데, 창연은 다르다. 사람들 앞에서 뻔뻔한 얼굴로 되지도 않는 유머를 날리고, 재롱을 피울 게 분명했다. 창연의 이십 대 때 별명은 '조동아리'였다.

우리는 동네에 새로 생긴 문화예술거리의 공방에서 몇 주 전에 사람들과 함께 영화 〈중경삼림〉을 봤던 기억을 떠올렸다. 그때 공방 주인이 재미있는 프로젝트가 있으면 얘기해 달라고 했었는데 여행 토크를 제안하면 받아 줄지도 모르겠단 생각이 들었다. 창연은 곧바로 SNS를 통해 메시지를 보냈고, 재미있을 것 같으니 진행하자는 답변을 받았다.

이로써 모든 일을 순조롭게 시작할 수 있었다. 이번에도 창연의 실행력은 대단했다. '우리 집에 이런 기획자가 산다'니. 여행은 끝났지만 여행으로 즐거운 일은 매일 있다.

우리 동네에
세계 여행자가 산다 2

강연일 전날만 해도 나는 전혀 긴장하지 않았다. 최근 몇 달 동안 우리가 가장 많이 한 일이 사람들을 모아서 여행기를 털어놓은 거였으니까. 도리어 '신청하는 사람이 없으면 어쩌나' 걱정했다. 그럼 몇 달 만에 생산적인 일을 한다고 좋아했던 창연의 풀이 죽을 테고, 공방 주인에게도 면이 안 설 터였다. 딱 열 명만 초대하기로 했지만 그마저도 최소 인원 다섯 명이 확보되지 않으면 강연 자체를 포기해야 하는 상황이었다.

우리가 해야 할 일은 강연 전날까지 최대한 많은 사람들에게 행사를 알리는 일이었다. 가장 먼저 시도한 건 포스터 제작이다. 이런 일은 주로 내가 맡았었지만 창연이가 이번에는 자신이 만들어 보고 싶다고 했다. 못 할 것도 없었다. 창연은 유튜브로 포토샵 사용법을 배우더니 하루도 안 걸려 포스터를 뚝딱 만들고 출력했다. 포스터를 들고 강연 장소인 공방과 청년 전용 공유 공간, 단골 카페에 돌렸다. 그것만으론 부족하다고 느꼈는지 유튜브 강의를 몇 개 더 보고는 카드 뉴스 형식의 홍보물을 만들어 SNS에 올렸다. 순식간에 다섯 명이 예약하더니, 심지어 매진이 됐다. 이건 모두 창연의 부지런함과 '재밌게 노는 판을 벌이고 싶다' 는 그의 절실함 덕분일 것이다.

강연 날 아침에서야 우리가 벌인 일이 무엇인지 실감이 났다. 갑자기 불안감이 몰려왔다. 우리의 이야기를 들으려 돈을 지불한 이들 앞에 선다는 건, 내가 이제껏 지인들 앞에서 가볍게 입 놀리며 "얘기하다 보니 또 여행 가고 싶어지네?" 하던 것과는 완전히 다른 이야기였다. 그들은 무언가 확실한 것을 얻고 가겠다는 얼굴로 공방 문을 열고 들어올 것이다. 그리고 나갈 때는 원하는 걸 얻어 가든지 실망하든지 둘 중 하나. 그 열 명의 가상의 얼굴들을 떠올리니 닭살이 돋았다.

우리는 당일 아침에 예행연습을 했다. 창연이 만든 프레젠테이션 파일을 열고 각자 맡은 부분을 연습했다. 결과는 참담했다. 우리 딴에는 너무 재밌어서 말하지 않곤 못 배기겠는 에피소드들이 많은데, 그걸 정해진 시간 안에 다 풀어내려니 마음이 조급해졌던 것이다. 재미있을 거라고 생각했던 부분은 오버하는 바람에 망치고, 유익할 거라고 생각했던 정보들은 너무 시시하게 느껴졌다. 우리의 유머는 저급했으며 말하는 나 스스로가 지루했다. 망했다는 걸 당일 아침에야 깨닫다니. 그래도 뭐 어떠랴. 막상 하면 잘 할지도 모른다.

"그래, 우린 실전파니까 괜찮아."

창연에게 놀라운 실행력과 성실함이 있다면 내겐 배짱이 있었다.

"그래, 뭐, 설마 망하겠어?"

창연은 프레젠테이션 파일을 끄고, "어떻게든 되겠지!" 소리쳤다. 우리는 결정적인 순간마다 순발력과 위트로 위기를 모면해 온 창연의 조동아리를 믿기로 했다. 그리고 내가 누구인가. 친하지 않은 사람과 대화를 오래하는 게 부담스럽다고 하면서도, 여행 얘기만 나오면 창연의 입을 틀어막고 혼자 얘기하는 여행 특화형 수다쟁이가 아닌가. 무엇보다 우리의 토크에 우리 스스로 너무 큰 기대를 품지 않는 것이 중요했다. 아무쪼록 겸손하게, 여유 있게, 유머는 한 방에 섹시하게.

다행히 강연은 (우리 입장에서) 매우 즐겁고, 만족스럽게 끝났다. 총 열한 명이 참석해서 서로의 얼굴에 몇 개의 점이 났는지도 알아볼 수 있을 만큼 가깝게 붙어 앉았다. 공방 주인은 할로윈을 맞아 한 시간 전부터 끓여 둔 뱅쇼를 모두에게 나눠 주었고, 우리는 남미 여행기를 나누는 중에 집에서 만들어 온 아르헨티나식 조식을 깜짝 선물로 나눠 줬다. 으깬 가지와 마늘에 간을 해서 아이비 과자에 올린 '에그플랜트 딥'은 아르헨티나에서 카우치 서핑(집에 남는 소파 겸 침대를 무료로 여행자에게 제공하고 현지 문화와 여행자의 문화를 서로 공유하는 형태의 숙박 서비스)을 할 때 배운 요리다. 카우치 서핑 호스트이자 여행하며 사귄 최고의 친구인 셰니아, 그리고 산티아고 부부와 아침마다 만들어 먹었었다. 에그플랜트 딥을 손에 쥔 사람들의 표정은 '무슨 맛일지 모르겠어서 먹기 무서운데'에 가까웠다. 하지만 한 입 베어 문 사람들마다 몇 달 전의 우리와 똑같은 표정으로 서로를 쳐다봤다.

너도 맛있어? 어, 너도 맛있어? 어, 이거 왜 맛있지?

그래, 이게 맛이 없을 수가 없지. 사람들이 만족해하자 창연과 나는 약간의 자신감을 얻었다. 이후의 강연은 이전보다 더 편하게 흘렀다. 뉴질랜드에 혼자 한 달 살이를 하러 간다는 여자 분을 응원했고 몇 달 뒤에 신혼여행으로 일 년여의 세계 여행을 간다는 부부에게 진심으로 부럽다고, 잘 다녀오라며 박수쳤다. 강연 후 진행한 질의응답은 늦은 시각까지 이어졌다. 우리는 우리가 가진 여행 팁과 경비 정보들을 아낌없이 풀었다. 마지막에는 유명한 여행 강연자만 하는 줄 알았던 단체사진 촬영을 과감하게 제안해서 이 흥분의 시간을 기념했다.

곧 여행을 앞두고 있는 사람들에게 폭 싸여 있다 보니 그들의 설렘과 걱정이 고스란히 나를 휩쓸어 마치 나도 곧 여행을 앞두고 있는 듯한 기분이 들었다. 실개천 옆의 노란 불빛 가득한 작은 공방 안에서 아이슬란드에, 러시아에, 모로코에 잠시 다녀온 기분이었달까. 프로 여행 강연자들도 자기 여행기에 자기가 여행 뽐뿌 당하나? 내 여행 토크는 치명적인 여행 뽐뿌를 불러온다. 남들에게는 잘 모르겠고 나 자신에게는 그렇다. 이래선 프로 여행 강연자는 영영 될 수 없겠다. 누가 시켜 주기라도 하면 큰일이다. 오늘의 토크가 어색하고 쑥스럽게 끝나 참 다행이다.

블랙 웨딩드레스

중학교 동창 썸이 4년 만에 연락을 했다. 결혼 소식이라 짐작했고, 썸이 말을 꺼내기 전에 "결혼 얘기지?" 물었다. 썸은 이런 식의 대화가 처음이 아닌지 "응, 그렇지?"라고 대답했다.

썸의 결혼식 몇 주 전에 동창들과 밥을 먹었다. 오랜만에 만난 친구들은 다들 중학생 때와 성격, 말투, 심지어 키차이까지 비슷했다. 한 친구는 중학생 때도 나보다 딱 이만큼 더 컸었고, 또 다른 친구는 중학생 때도 나랑 키가 비슷하더니 지금도 비슷했다. 어린 시절의 친구들이 노인이 돼서 어릴 때 찍었던 사진과 같은 포즈로 찍은 사진을 본 적이 있다. 주름만 늘었지 얼굴에서 풍기는 이미지는 어린 시절과 똑같아서 신기했는데, 왠지 우리가 노년에 사진을 찍으면 그런 사진이 나올 것도 같았다. 노인이 된 기념으로 사진 찍자고 말할 만한 아이는 아무도 없지만.

여행 이후에는 어떤 모임에 가도 이야기 주제에 세계 여행이 빠지지 않았는데 이번에는 달랐다. 아무도 내 여행담을 궁금해하지 않았다. 결혼 축하와 소소한 일상 이야기들이 세계 여행을 덮은 것이었다. 어쩌면 이 아이들은 내가 우주여행을 다녀왔다고 해도 "우와, 그렇구나" 하고는 십 분도 안 돼서 "그런데 우리 이제 뭐 먹을까?" 할지도 모른다. 경비는 얼마가 들었고, 부모님을 어떻게 설득했고, 집과 자동차는 어떻게 처리하고 나갔는지 시시콜콜 얘기하지 않아도 된다고 생각하니 마음이 편했다. 특히 경비에 대해선 아주 친한 친구가 아닌 이상 말할 때마다 조금은 긴장이 됐기 때문이다.

썸과 썸의 여자 친구는 그동안의 결혼식 준비 이야기

를 들려줬다. 모임에 나온 친구들 중 결혼하지 않은 사람은 그들뿐이었다. 우리는 그들의 이야기를 들으며 각자가 겪은 그 시절을 떠올렸다. 이렇게 해라 저렇게 해라 훈수 두는 이는 없고, "그래그래, 맞아, 꼭 그렇더라"는 공감의 말들과 그 시절을 회상하는 아련한 눈빛들만이 오갔다.

나는 그 시절 내 인생 최초이자 아마도 최후일 거액의 쇼핑을 날마다 했었다. '돈을 펑펑 쓴다는 건 이렇게 기분 좋은 일이군? 부자들은 매일 이런 기분인가?' 생각했던 것과, 창연과 프랑스 남부 신혼여행을 계획하면서 결혼식일랑 빨리 끝내고 공항으로 달려가고 싶어 했던 게 떠올랐다.

대화 주제는 결혼식 날을 정하는 방식으로 옮겨 갔다. 나는 신이 나서 떠들었다.

"예식장에 전화해서 내가 원하는 날짜에 대관 가능한지 물었더니 마침 그날이 딱 손 있는 날이라는 거야. 결혼이나 이사 같은 중요한 일 피하는 날 있잖아. 만약 그 날짜로 예약하면 대관료를 저렴하게 해 주겠대. 우리는 너무 좋아서 다른 예식장은 알아볼 생각도 안 하고 바로 가계약했었다."

이날 별로 흥분할 일이 없어 얌전히 있다가 모처럼 피

치를 올리며 얘기했건만, 모두 뭔가 하고 싶은 말이 있는 표정인데 정작 말은 없고, "아…", "음…"만 할 뿐이었다. 한참 뒤에 한 친구가 입을 열었다.

"부모님이 그런 거 신경 안 쓰시는 분들이라 다행이네."

"그렇지."

나는 얼른 대답하고는, 내가 양가 어른들께 그날이 손 있는 날이라고 미리 말씀을 드렸던가 기억을 더듬었다. 그런 것 같진 않았다. 만약 말씀드렸다면 어땠을까? 굳이 그날 해야 하는 게 아니라면 날을 바꾸라고 이야기하는 분이 계셨을지도 모른다. 아니면 "그런 걸 뭘 신경 쓰니. 손 없는 날 골라서 식 올렸다가 이혼한 사람들이 한둘인 줄 아니?" 하셨을 수도 있고. 알 수 없는 일이다. 중요한 건 나와 창연에겐 중요한 부분이 아니었다는 것.

결혼식 사회를 경상도 사투리를 쓰는 미쓰장에게 부탁했을 때도 누군가로부터 "그것참 어른들이 이상하게 생각하겠다"라는 말을 들었다. 나는 가까운 친구들 몇 명에게 내 결혼식의 중요한 임무 몇 가지를 맡겼는데, 내가 사회를 부탁한 미쓰장은 대구 출신의 150cm 단신이자 몇 년 전만 해도 십 대 아니냐는 소리를 듣던 인물이다. 어른들에게 결혼식 사회자란 남성, 씩씩한 목소리, 표준어가 디폴트 값이라는 얘기를 듣고 깜짝 놀랐다. 다른 것도 다 이상하지만, '표준어'라니.

이런 말을 들으면 역시 비뚤어지고 싶다. 사회자의 자격, 혼인날 잡는 방식, 웨딩드레스의 색깔, 하다못해 청첩장 봉투 색깔을 둘러싼 허다한 이야기들. 내가 청첩장 봉투로 크라프트지를 사용한 것이 과연 엄마의 염려처럼 친척 어른들에게 "누가 청첩장에 이런 재생지 같은 종이를 써?"라는 말을 불러일으켰을까? 만약 웨딩드레스를 검은색으로 골랐다면 어떻게 됐을까? 우리의 결혼생활도 어둑어둑해졌을까?

씸은 친구들을 불러서 밥도 사 주고 우리 엄마가 갖고 싶어 했던 하얀색 청첩장 봉투도 내밀었다. 아마 결혼식이 끝나면 와 줘서 고맙다고 참석한 지인들에게 문자도 보낼 것이다. 착하고 성실한 씸. 나는 청첩장이 예쁘다고 말하면서 내 친구 씸이 결혼식보다 결혼을 준비하며 이 시간을 보내길 바랐다. 결혼식은 길어 봐야 1시간 안에 끝나지만 결혼은 영원을 꿈꾸며 하는 거니까. 그리고 왠지 씸이 조금 비뚤어져도 좋을 텐데 하는 생각을 했다, 아주 살짝. 검은

웨딩드레스를 입은 나와 썸의 여자친구가 풍악을 울리며 웨딩홀에 입장하는 모습을 상상했다. 그렇다고 우리의 결혼이 망가질 일은 없을 것이다.

안구건조증.

공기 좋은 곳에서 핸드폰 덜 보고

모니터 덜 보고 책 덜 보고 살았는데

요즘의 나는 하루 종일 전자기기들과

책 속 활자에 둘러싸여 있네.

훠이 훠이. 물러가라 통증이여.

건강하게 살고 싶다.

라고 앱에 메모하며 핸드폰을 바라보고 있다.

08:06 창동발 지하철을
타는 마음

여행이 끝나갈 때쯤, 그런 생각을 했다.

'이제 출근 시간대 지하철 안 타는 것도 끝이네.'

여행할 땐 퇴근 시간대의 지하철을 탈 일은 있어도 출근 시간대의 지하철을 탈 일은 별로 없었다. 숙소 문을 나설 땐 이미 아침 11시가 훌쩍 넘곤 했으니까.

어느 나라나 출퇴근 시간대 지하철 풍경은 다 비슷할 거다. 문이 열리면 정신없이 들어가고 빈 의자를 향해 엉덩이를 들이밀고 몇 번 양보하고 몇 번 새치기 당하고 몇 번

발을 밟히고 그중 몇 번의 사과를 듣고. 한국만 유난스러운 것 같진 않다. (이런 얘기를 할 때마다 선비들만 모여 있는 것 같은 미국 보스턴이 꼭 떠오른다. 그곳만은 예외로 두자.)

그래도 내 나라이기 때문에 이런 풍경이 더 꼴 보기 싫을 때가 있다. 친구 집에 놀러 갈 때도 친구의 가족이 이상하든 어떻든 별로 신경 쓰지 않으면서 내 가족의 어떤 사소한 부분이 다른 사람 눈에 띄는 건 참을 수 없는 순간이 있지 않나.

여행을 다녀온 후, 한국에 처음 온 외국인은 어떤 걸 느낄까 싶어서 내가 외국인이라고 생각하며 주위를 둘러보는 순간들이 늘었다. 그러다 보면 내 나라임에도 이질적으로 느껴지는 순간들이 종종 있고, 새삼 한국은 이런 곳이구나 싶다. 오랜만에 보게 된 모습이라 생경하다는 게 아니다. 이전에는 너무 익숙해서 눈여겨보지 않았던 모습들이 이제는 그냥 지나쳐지지 않는다는 의미다. 외국인들에게 숨기고 싶은 광경도 눈에 잘 띈다. 그중에서 정말 아무도 모르게 나 혼자만 알고 싶은 광경이 출퇴근 시간대의 지하철 풍경이다.

출근할 때 창동역에서부터 시작하는 지하철을 자주 타는데 아무리 겪어도 좀처럼 익숙해지지 않는 풍경 때문에 괴롭다.

사람들은 오전 8시 6분의 창동발 지하철을 타기 위해 7시 50분쯤부터 도착해 기다린다. 그들 속에 나도 껴 있다. 운이 좋으면 앞에서 두 번째 줄에 서서 기다리는 것도 가능하지만 그런 날은 드물다. 심지어 자리에 못 앉을 때도 있다. 텅텅 빈 지하철을 탔는데도 운이 나빠서 앉지 못하면 사람들로 꽉 찬 지하철에서 40분이 넘도록 서서 가는 것과는 비교할 수 없을 정도로 슬프다. 아침부터 울고 싶은 마음이 든다.

창동발 지하철은 다른 시간대 지하철보다 플랫폼에 느릿느릿 들어온다. 한 명의 승객도 없이 전등 불빛만으로 하얗게 빛나는 지하철을 바라보는 사람들의 눈은 먹잇감을 발견한 짐승의 눈과 다르지 않다. 띄엄띄엄 되는 대로 서 있던 사람들이 지하철을 향해 착착 조여 온다. 영화 〈덩케르크〉 초반에 바닷가에서 구조선을 기다리며 길게 줄 서 있던 영국 해군들도 이랬을까. 내 바로 앞에서 순서가 끊기면 어떡하지 하는 생각에 아드레날린이 마구 솟구친다. 살짝 미쳐가는 것 같기도 하다.

'못 앉아도 괜찮아. 정신없이 뛰어가서 앉지 않을 거야.'

하지만 마침내 지하철이 멈추고 문이 열리면 모두 다 좀비 떼처럼 앞사람을 밀면서 들어간다. 앞사람이 가는 속도와 뒷사람이 밀고 들어오는 속도가 맞지 않으면 중간에 샌드위치가 돼 버린다. 오늘은 유난히 독한 사람들이 힘으로 밀치며 들어와서 나도 모르게 "아이, 쉣" 하고 욕이 튀어나왔다.

나만큼 작은 여자 둘이 맞은편 의자로 달려가 엉덩이를 뒤로 쭉 밀고 앉았다. 덩치 큰 남자들도 정신없이 이곳저곳을 훑으며 달려갔다. 생존 게임에서 살아남은 사람들은 이전까지의 우왕좌왕했던 모습을 잊고 우아하게 다리를 꼰 채로 핸드폰이나 책을 쳐다봤다.

오늘은 앞에서 세 번째 줄에 서 있었던 터라 허겁지겁 뛰지 않고도 빈자리에 앉을 수 있었다. 그럼에도 패배자처럼 처참하고 부끄러웠다. 한때 즐겨 본 만화에 빗대자면 백화점 할인 매대로 달려가 아주머니들 사이에서 정신없이 물건을 고르면서 "나 이거 살래요!" 외치는 짱구 엄마와 멀찍이 떨어져 그 광경을 한심하게 바라보는 짱구 둘 다이다, 나는.

지난주에는 중년의 아주머니와 젊은 여자가 좌석 하나에 엉덩이를 동시에 들이밀며 앉는 것을 보았다. 중년 아주머니 옆에는 이십 대 초반으로 보이는 딸이 앉아 있었다. 모녀는 동시에 젊은 여자를 쳐다봤고, 젊은 여자도 그들을 쳐다봤다. 기분상 몇 초가 흘렀고, 젊은 여자가 기 싸움에서 졌다. 그 장면을 눈앞에서 목격한 나는 여자의 실망한 얼굴을 보고 싶지 않아 서둘러 다음 칸을 향해 걸어갔다. 아침마다 기분이 이렇게 가라앉아야 하는 건지 생각했다.

매일 아침 이럴 바에는 그냥 창동발 지하철을 포기해버리는 것이 낫겠다. 뭘 아침부터 경쟁씩이나 해야 하나. 우리가 원하는 행복은 뭐가 이렇게 맨날 소소해서 눈물 나냐. 우리 너무 절박한 거 아니냐.

큰일이다. 내가 지금 하는 말 모두가 고상 떨고 싶다는 말의 다른 버전 같기도 해서.

나도 앉아서 가고 싶다. 그래도 몸에 힘 빼고 천천히 걸어 들어가고, 객실에 들어선 순서대로 차례차례 자리에 앉고 싶다. 나보다 늦게 들어왔으면서 내 눈앞의 빈자리를 먼저 차지하는 사람을 째려보는 사람은 되고 싶지 않다. 나는 고상함도 기 싸움도 자신 없으면서 내일도 역시 창동발 지하철을 기다려야 한다. 그날의 운 좋은 자가 내가 되길 바라면서.

　이왕이면 지하철 문 바로 옆자리가 좋은데.

맙소사,
그곳에 또 가고 싶다니

주말에는 원래 열심히 놀았지만 이번 주말에는 더 격하게 놀기로 했다. 창연이 다음 주 월요일부터 드디어 출근을 하기 때문이다.

재취업을 하기까지 딱 반 년 걸렸다. 창연은 그전과는 전혀 다른 분야의 일을 하게 됐다. 재취업도 기쁘지만 직종을 바꾸는 데 성공했다는 것이 훨씬 더 기쁘고 자랑스럽다. 삼십 대 중반이라는 이유로 도전할 수 없게 만드는 사회에서 창연은 도전을 했고, 해냈다. 여행 전까지만 해도 삼십 대 중반은 새로운 도전을 하기엔 좀 위험한 나이라고 생각했다. 여행 이후에는 '이제 고작 삼십 대 중반이다'라는 쪽으로 살짝 기울었다. 사십 대 중반에 여행을 했더라도 비슷한 생각을 하지 않았을까. 알 수 없다. 그렇다면 사십 대 중반에 다시 한 번 여행을 해 보는 것으로 하자!

우리는 기쁨을 만끽하기 위해 팡파르를 울리기로 했다. 이제까지 한 번도 해 보지 않은 여행, 호캉스를 하기로 한 것이다. 우리는 순식간에 서울 시내의 호텔 1박을 예약했다. 실내 수영장이 있고 조식이 제공되는 곳 중에서 가장 저렴한 곳으로. (실내 수영장과 조식은 우리에게 매우 중요한 조건이다!) 내가 사는 도시의 호텔에서 자 보다니. 집이랑 한 시간 거리밖에 안 되는 곳이다. 정말 호사스럽다고 생각했다.

호캉스의 장점은 아주 분명했다. 이동 시간이 짧고, 짐이 가볍고, 비수기라서 숙소를 싸게 예약한 만큼 가격대 있는 맛있는 음식을 죄책감 없이 사 먹을 수 있다는 것! 물론 가 보지 않은 곳, 경험해 보지 않은 것을 경험하는 만족감이나 1cm라도 넓어진 시야, 새로운 도전 같은 건 없었다. 모든 재미는 쉽게 손에 잡혔다. 호캉스는 완성형 여행일 줄 알았는데 그보단 완벽한 쉼에 가까운 것 같다. 우리는 새하

얀 호텔 침구 속에서 푹 쉬고 삼시세끼 잘 챙겨 먹고 수영도 열심히 하고 땡땡해진 얼굴로 돌아왔다.

그러고 나니 불현듯 격한 여행이 하고 싶어졌다. 1시간 뒤에 내가 어느 장소에서 어떤 감정을 느낄지 예측할 수 없는 곳에 가고 싶었다. 세계 여행을 할 땐 나름대로 준비를 열심히 해 가도 예상과 전혀 다르게 흘러가는 상황 때문에 종종 스트레스를 받았었는데 그 여행을 또 하고 싶다니. 내 여행지 베스트 3는 아이슬란드, 모로코, 쿠바다. 놀랍게도 여행 중에 가장 스트레스를 받았던 곳이 그중에 있다. 바로 아이슬란드. 그런데 지금 아이슬란드를 떠올리면 나를 울린 일들은 한참 나중에야 떠오르고, 그곳이 이 세상 나라가 아닌 것처럼 아름다웠다는 기억이 가장 먼저 떠오른다. 이미 가 봤던 곳을 또 갈 수 있다면 1순위로 가고 싶은 곳이 아이슬란드다. 지금도 이렇게 아름다운데 하나님이 지으신 태초의 아이슬란드는 얼마나 끝내줄까. 아름다움으로만 따진다면 에덴동산만큼 아름다울지도 모른다고 감히 생각한다.

세계 여행 시즌 2 계획은 늘 진행형이다. 언젠가 갈 수 있을 것 같다는 생각이 든다. 십 년 안에는 불가능할 것 같지만 일단 결정하면 시즌 1 때보다는 빨리 준비해서 나가지 않을까. 시즌 1은 가기로 결정하는 데만 1년이 걸렸다.

나이가 들어 여행하면 교통편이나 숙소나 이삼십 대 때와는 다른 여행을 하게 된다는데, 창연과 내가 만약 6개월 이상의 장기 여행을 다시 가게 된다면 작년의 여행과 크게 다르게 할 것 같지 않다. 여전히 숙박비를 아끼기 위해 애쓰고, 큰 배낭에 고추장과 된장, 양은 냄비를 넣고 다니면서 부엌에서 밥을 해 먹을 것 같다. 그러다가 한 번씩은 분수에 넘치지 않는 선에서 꽤 괜찮은 레스토랑을 찾아가 현지 음식을 먹으며 주인에게 레시피를 배우고. 닭볶음탕이나 잡채를 만들어 외국 친구들과 나눠 먹으면서 나 역시 그들의 현지 음식을 얻어먹을 것이다. 세상에는 아직 안 먹어 본 맛있는 음식들이 많으니까, 이왕이면 죽기 전에 이 세상의 모든 음식을 다 먹어 보고 싶다.

장시간 이동을 할 땐 비행기보다 버스를 타거나 카풀을 하는 게 좋다고 여전히 생각한다. 만약 우리가 시즌 1 예산의 두 배 정도로 예산을 잡게 된다면 이 부분은 약간 더 고민해 봐야지. 아니다. 아무리 생각해도 예산이 늘면 여행 기간이나 여행할 나라를 늘리지, 교통비에 투자할 것 같진 않다. 아, 말하다 보니 한 번 이동할 때 20시간 넘게 타던 유럽과 남미의 2층짜리 버스가 너무너무 타고 싶다. 그런데 그것들이 또 너무 지긋지긋하다. 여행 시즌 2를 십 년 뒤에 간다고 해도 2층 버스에 딸려 있는 화장실은 여전히 말도 못 하게 더러울 것 같고.

시즌 1에는 스킨 스쿠버 다이빙, 프리 다이빙, 서핑, 살사댄스, 물 위로 목을 꺼내고 천천히 돌아다니면서 노는 영법 등을 배웠는데, 그것들 중에서 여전히 할 줄 아는 건 스킨 스쿠버와 물 바깥으로 목 내밀고 하는 수영밖에 없다. 나머지 것들은 재교육, 심화 학습이 필요하다. 그래, 심화 학습을 위해 나는 꼭 시즌 2를 가야겠구나. 그리고 작년에 하려다가 무서워서 실패한 하이드로스피드(맨몸으로 얇은 판 위에 엎드려서 계곡을 내려오는 개인 래프팅)도 다시 도전할 거다. 킬리만자로에 가서 화산 트래킹도 하고 싶다. 그곳은 마그마가 펄펄 끓어 넘쳐서 낮에는 뜨거우니 못 올라가고 한밤중에 올라가야 한다. 칠레 푸콘에 있는 비야리카 화산 트래킹을 했을 때처럼 반 울음, 반 포기 상태로 올라갈 가능성이 크지만 꼭 붉은 마그마를 눈으로 보고 싶다.

그러려면 또다시 퇴직하고 재취업에 대한 공포를 느껴야 한다. 그땐 재취업에 성공할 수 있을지 없을지도 모르는데, 안 되면 어떡한담. 두렵기보다 헛웃음이 나온다. 또 미래 준비 없이 퇴직하겠다는 생각을 하다니. 그래도 언젠간 아이슬란드에서 눈바람 맞으며 "하, 미쳤다고 여길 또 왔어, 나는 제정신이 아니야" 할 수 있기를.

좋은 날 다 가면
다른 좋은 날이 온다

"뭐 준비해 가지?" 창연이 물었다.

"우선 기본적으로 칫솔, 치약, 슬리퍼, 물통."

창연이 새 직장에서의 생활을 시작한다. 지난밤 창연은 안방과 거실, 화장실을 들락거리며 짐을 챙겼다. 다 챙기기까지 3분도 걸리지 않았다. 동굴처럼 깊은 창연의 백팩 안에는 노트북, 수첩, 치약과 칫솔을 넣은 플라스틱 통 한 개가 들어갔다. 달그락달그락. 가방을 위아래로 흔들 때마다 플라스틱 통과 칫솔이 부딪히는 소리가 났다. 필수품이니 꼭 챙겨야 한다고 둘 다 강조한 실내용 슬리퍼는 깜빡해, 첫날엔 구두를 신고 일하기로 했다.

"이거면 될까."

"충분하지."

나는 출근 첫날에 슬리퍼는 물론이고 휴지, 손거울, 생리대, 빗, 핸드크림, 미스트, 여행 다니면서 이곳저곳에서 챙긴 티백들까지 챙겨간 사실을 말하지 않았다.

"나 내일 이거 입고 간다?"

창연이 오래된 니트를 번쩍 들며 물었다. 정확히 내 시선과 정면으로 맞닿은 곳에 동그랗고 누런 자국이 보였다.

"그게 뭐야?"

창연이 니트를 돌려 쳐다봤다.

"… 커피 자국."

아니, 그걸 아는 사람이. 나는 창연 손에 니트를 들려 화장실로 밀었다. 그러고 보니 요즘 창연이 입고 다닌 니트들은 빨래한 지 죄다 2주일이 넘은 것 같다. 도대체 창연도 나도 그동안 뭘 한 건지. 창연이 손으로 문질러 자국을 지운 니트는 더도 말고 덜도 말고 딱 그 자리만 새하얗다. 순간 머리가 복잡했지만 본인은 뿌듯해하는 것 같아 딱히 할 말이 없었다. 옷걸이에 니트를 걸어 안방에 넣었다. 창연은 준비 끝을 외치더니 거실로 나갔다.

나는 안방에 남아 니트를 바라봤다. 자국도 자국이지만 아까부터 거슬리던 것이 있었다. 니트에 붙어 있는 보풀들. 창연이 더 이상 니트에 관심이 없다는 걸 확인한 나는, 눈썹 깎는 칼을 잽싸게 꺼내 작은 회색 털 뭉치들을 슬슬 밀기 시작했다. 창연에게 니트란 태생적으로 보풀들과 함께 사는 존재다. 그러니까 보풀 제거란, 어느 날 갑자기 내가 창연의 다리털을 밀어 버리는 것과 비슷할지도 모른다. 대체 뭘 하느라 같이 안 놀아 주는 거냐고 창연이 방에 쳐들어오기 전에 얼른 끝내리라. 창연이 이 광경을 본다면 "내가 구질구질한 옷 입고 다니니까 괜히 여보가 고생한다! 내가 똥멍청이다! 커피나 흘리고! 보풀이나 만들고!" 오버하며 방 안을 뛰어다닐 게 뻔했다. 생각만으로도 정신이 없었다. 보풀 제거는 신성한 작업이거늘. 나는 회칼을 들고 대방어 앞에 선 요리사처럼 신속하고 날렵하되 실수 없이 손을 휘저었다. 창연이 비포, 애프터를 구분 못 할 거라는 건 아무런 상관이 없었다.

그리고 오늘, 창연의 핸드폰 알람소리에 둘이 같이 일

어났다. 외근을 하기로 한 날이라 늦게 출근해도 되는 나는, 창연이 샤워를 시작하자 부엌에 섰다. 내가 취직한 이후로 세 달 내내 창연 혼자 아침과 점심과 저녁을 준비하던 자리. 나는 어제 저녁 창연이 배추전을 부쳤던 프라이팬에 식빵을 올리고 커피 내릴 물을 끓였다. 국그릇에 시리얼도 넉넉히 담았다. 같이 먹을 테지만 우리 두 사람을 위하는 식사가 아니라 창연 한 명을 위한 식사를 준비하는 느낌이 들었다. 창연도 내게 이런 마음이지 않았을까. 아침밥으로 3첩 반상까지 차려 주진 못해도 속은 든든하게 채워 출근시키고 싶은 바람 같은 것.

창연은 오후만 되면 꾸벅꾸벅 조는 나를 위해 원두를 갈고 드립 커피를 내려 보온병에 담아 가방 안에 넣어 주곤 했다. 그렇게 할 이유가 전혀 없는데도 단 하루도 빠짐없이 이 모든 일을 했다는 것, 나와 아침을 같이 시작해 줬다는 것이 오늘 따라 더 미안했다. '창연은 아침잠이 별로 없으니까', '하루를 성실하고 규칙적으로 보내고 싶어 했으니까'라는 말은 그의 수고에 가장 붙이고 싶지 않은 이유들이다.

같이 밥을 먹고 현관 밖으로 배웅을 나갔다. 엘리베이

터 문이 열리고 마침 아무도 없길래 나는 두 발을 어깨너비보다 넓게 벌리고 한 팔을 힘차게 흔들었다.

"잘 다녀와!"

옆집에 시끄러울까 봐 입만 크게 벙긋벙긋 벌리고 작게 속삭였다. 창연 역시 입을 크게 벌리곤 작은 소리로 "알겠어!" 속삭였다.

창연이 지옥철에 오르는 게 아니라는 걸 둘 다 알고 있다. 사람들은 종종 우리에게 "이제 좋은 시절 다 지났네, 얼른 현실로 돌아와야지?"라고 얘기하지만 좋은 게 좋지만은 않았던 것처럼 이 또한 나쁘지만은 않을 것이라는 게 우리의 생각이다.

여행자들을 현실로 컴백시키는 가장 강력한 힘은 재취업이라고 생각했다. 그런데 나는 다시 일하기 시작한 지 3개월이 넘었는데도 사람들이 말하는 '현실'로 돌아온 느낌이 별로 없다. 그들이 말하는 현실이라는 게 '언젠가 찾아올 좋은 날을 위해 오늘 하루도 어찌어찌 버텨 본다'는 힘듦을 뜻하는 것이라면 말이다. 창연의 새 직장이 창연을 최대한 늦게 현실로 보내 주면 좋겠다. 아예 안 보내 주면 제일 고맙고.

창연을 태운 엘리베이터 문이 닫히고 아래층으로 내려가자 나는 삽시간에 짠해졌다.

힘내라. 너는 역시 눈치 채지 못했지만 니트 보풀은 완벽하게 뜯었다.

크리스마스.

일본에서 제빵 기술을 배우고 있는 창연의 군대 후임과

창연, 나 이렇게 셋이 만났다. 이 둘은,

"나는 형을 보면 힘이 나. 안심이 돼.

'아, 인생 이렇게 살아도 되는 거야?' 싶어서",

"나는 너 보면서 안심하는데?"라며 낄낄댔다.

서로를 안심시키는 사이라니.

바람직하다.

내가 많이
좋아해

행동은 굼뜨면서 생각은 자꾸 혼자 앞서 나간다. 근래 나는 만약 임신을 하게 될 경우 당분간 하지 못하게 될 일들을 떠올리면서 시간을 보냈다. 임신을 하면 뭘 못 하게 될까, 무엇 때문에 아쉬워하게 될까. 책은 계속 읽을 수 있고, 영화도 볼 수 있고, 창연과 산책도 할 수 있다. 그러다가 운동과 타투가 떠올랐다. 누가 들으면 평소에 규칙적으로 운동하는 사람인 줄 알겠지만, 사실 유아기부터 최근 몇 년까지의 기억을 더듬거려 봐도 내가 땀 흘리는 활동을 즐거워했던 적은 여행 기간에 춤을 배웠을 때와 트래킹을 했을 때 빼곤 거의 없다. 몸으로 하는 건 잘할 줄 아는 게 하나도 없는데, 내가 이걸 잘 못한다는 사실이 분하고 스스로가 초라해지기까지 해서 운동을 아예 안 하기로 작정했다. 술래잡기조차 타인에게 쫓긴다는 긴장감이 싫어서 좋아하지 않았다. 학교 다닐 때 가장 싫어한 날이 운동회, 그다음이 체력장 하는 날이다.

서른 살 넘어 처음으로 수영을 배우고 여행 가서 9~10시간짜리 트래킹을 하면서 알게 됐다. 나는 아무와도 경쟁할 필요 없이 몸 쓰는 일은 좋아한다는 걸. 움직이는 활동 자체를 좋아한 적이 없는 사람인데, 내가 내 몸을 쓸 줄 안다는 것이 얼마나 흥미롭고 매력적인 일인지 깨달았다. 내 신체를 여행 이전보다 더 많이 이해하고 좋아하게 된 것도 몸 쓰는 일을 좋아하는 것과 관련이 있었다. 몸을 자주 쓸수록 내 신체도 내가 좋아하는 방향으로 변했기 때문이다.

나는 타인과 함께 할 필요가 없고, 운동신경이 크게 요구되지 않는 운동을 찾다가 필라테스와 요가를 같이 배우는 수업을 등록했다. 요가는 십 년 전쯤에 두 달 정도 하다가 그만둔 적이 있지만 필라테스는 처음이다. 운동을 시작한 지 이제 한 달 정도 지났다. 유연성에 수치를 매긴다면 나는 제로를 지나 마이너스인 사람인데, 인내심 많은 선생님들 덕분에 머지않아 유연성 제로를 기록할 것 같다.

온몸을 쭉쭉 늘리고 찢다 보면 몸 이곳저곳에 통증이 느껴진다. 그럴 때마다 '내 몸에 이런 근육이 있었구나', '나는 내 몸을 하나도 알지 못했어' 하는 신기함에 통점을 어루만지게 된다. 투실투실한 허벅지로 빈틈없이 채워진 레깅스 차림도 시간이 지나니까 적응돼서 아무렇지 않았다. 웃긴 건, 나는 퉁퉁한 내 허벅지나 볼록한 배가 예전만큼 밉지 않다는 것이다. '그렇게까지 미운 몸은 아니지 않나' 하는 생각이 든다. 이게 왜 웃기냐면, 나는 '보통의 몸매'가 아니고 경도비만이기 때문이다. 더 웃긴 건, 그럼에도 마른 체형은 되고 싶지 않고 근육이 잡히고 몸 전체가 다소 볼록한 몸이 더 좋다는 것이다.

운동 첫날에는 조금 다른 생각을 하긴 했다. 필라테스 룸에 도착해 몸을 풀면서 벽 한쪽을 가득 채운 거울을 바라보면, 불룩하고 짧은 다리를 열심히 좌우로 뻗으면서 스트레칭 하는 내 모습이 보였다. 내 옆에 아무도 없을 때의 나는 키 작고 통통한 여자 정도로 느껴졌다. 그런데 한두 명씩 룸에 도착해 다 같이 거울을 바라보고 앉으면 내가 아까보다 훨씬 더 뚱뚱하고 대책 없이 몸에 딱 붙는 운동복을 입은 여자처럼 보였다. 갑자기 혼자 다른 세상에서 온 사람 같았달까.

등록을 위해 상담 받으러 왔던 날, 운동을 하려는 이유를 묻는 선생님에게 운동을 안 한 지 오래됐고, 꾸준한 운동으로 근육을 늘리고 싶다고 했다. 그리고 단기간에 살이 쪄서(여행이 끝나자마자 3kg이 쪘다) 다이어트도 겸하면 좋겠다고 덧붙였다. 선생님은 내게 맞는 프로그램들을 추천해 주셨다.

그런데 운동 첫날, 선생님은 다른 말씀을 하셨다.

"살 빼려고 운동한다고 하셨죠? 그러면 최대한 빠른 시간 내에 많이 빼야 돼요. 다들 천천히 빼야 된다고 말하는데, 반대예요. 빨리, 많이. 4주 지나면 식단표도 짜 드릴게요."

순식간에 나는 살 빼러 온 여자가 되었다. 그게 첫 번째 목표는 아니었는데. 곧 수업이 시작될 텐데 빠른 속도로 얘기하는 선생님에게 태클을 걸면 안 될 것 같아 "네, 네. 빨리, 많이요. 네, 네" 하고 말았다. 그날 거울에 비친 내 몸은 평소보다 더 울룩불룩해 보였다.

운동을 며칠 더 하고 나니, 나 혼자일 때와 여러 명과 함께할 때 내가 느끼는 내 몸의 만족도에 큰 차이가 있다는 걸 알게 됐다. 혼자 있을 때 거울에 비치는 내 몸에 대해서는 그렇게까지 큰 불만이 없다. 통통한 건 원래 알고 있었으니까. 그런데 다른 사람들이 옆에 앉고, 비교 대상으로서의 내 몸을 보는 순간 내 몸의 매력도가 스윽 빠져나가는 기분이 든다. 그 차이를 알게 되자 '남과 비교해서 우울해지려고 여기 온 게 아니다' 스스로를 다독이게 되었다. 살이 빠지고 신체의 곡선이 얇아지는 것도 운동의 목표가 아니라 결과 중 하나로 생각하자고. 그렇게 생각하면서도 참 현실감 없는 말이네 했는데, 몇 번 해 보니 의외로 멘탈 관리가 잘되었다.

어제는 일자로 서서 손가락으로 바닥을 짚는 스트레칭 동작을 했는데 손바닥이 정확히 땅을 짚고 손등도 90도로 구부러졌다. 한 달 전에는 아무리 뻗어도 손끝이 발등까지밖에 닿지 않았는데, 나는 그사이 한 뼘 정도 발전했다. 기특하다, 내 몸. 이젠 거울 속에서 오로지 나만 본다. '내 몸은 이렇게 생겼구나, 이렇게 생긴 몸을 나는 참 좋아해'라고 내게 얘기한다.

몇 달 전에 미쓰장이 스태프로 참여한 연극, 〈목욕합시다〉를 봤다. 여성의 몸에 대해 이야기하는 관객 참여형 연극이라 굉장히 집중해서 재밌게 봤다. 극의 후반부에 투명 비닐로 만든 여성의 몸 형체를 천 위에 올려놓고 천을 펄럭여서 관객들 앞을 돌아다니게 하는 순서가 있었다. 관객들이 고개를 숙여 몸에게 하고 싶은 말들을 한 명씩 속삭이는 시간이었다. 몸이 천 위를 출렁이며 내게로 왔을 때 나는 진심을 담아 고백했다. 몸아, 내가 많이 좋아해.

닮고 싶은
얼굴들

며칠 전에 지하철을 기다리는데 어디선가 날카로운 목소리가 들렸다.

"엄마가! 얘기했지! 너! 어디서! 엄마를!"

그런 어투를 들으면 마치 내가 엄마에게 혼나는 아이가 된 것처럼 순식간에 심장이 쪼그라든다. 엄마도 아이도 얼굴이 보이진 않았지만 그들의 얼굴과 눈빛이 상상됐다. 왜 저 여자는 공공장소에서 저렇게 크게 소리를 지르는 걸까. 내가 엄마였던 적이 없기 때문에 아무것도 몰라서 이런 생각을 하는 걸까.

아이슬란드 공항에서 여덟 살 정도 된 남자아이의 뺨을 내려치는 서양 여자를 본 적이 있다. 뺨을 때리는 소리도 소리거니와 아이가 고개를 숙이고 엄마의 이어지는 고함을 조용히 듣는 모습이 너무 충격적이어서 한참을 눈치 보며 쳐다봤다. 외국에서는 누군가 아이에게 손을 대면 무조건 경찰이 달려올 줄 알았다. 그런데 그 누구도 경찰을 부르지 않았다. 나처럼 놀라서 쳐다보는 사람조차 몇 없었다. 여자는 불어를 쓰고 있었다. 프랑스인인지 아닌지 알 수 없었지만, 프랑스의 가정 교육이 우리나라와 비슷하거나 더 엄격하다고 창연이 언젠가 말했던 게 떠올랐다.

이탈리아에서는 자녀들이 엄마를 너무 무서워해서, 밤 늦게 상점의 셔터가 내려가는 상황에서도 "엄마가 이거 꼭 사 오라고 했어요"라고 빌면서 물건을 사 가는 성인 남자들이 있다고 했다. 이탈리아 엄마들은 어떤 식으로 자녀를 훈육하는 걸까. 외국 엄마들을 만나면 아이를 어떻게 키워야 할지 깨닫게 되는 점이 있을 거라고 생각했는데, 상상도 하지 못했던 일들을 몇 차례 겪으면서 오히려 혼란스러워졌다. 그래, 모든 건 케이스 바이 케이스인데 내가 안일한 생각을 하고 있었던 거지.

육아를 지원하는 시스템이 갖춰진 수준은 나라마다 달랐다. 다큐멘터리에서 종종 보던 육아하는 사람들을 위한 탄력 근무제, 아빠의 육아 휴직, 한 달짜리 장기 여행이 가능한 나라가 유럽에도 몇 군데 없다. 유럽 여자들과 이 주제에 대해 얘기하면 대부분 "우리도 애 낳으면 예전처럼 회사 다니는 게 힘들어"라는 말이 돌아온다.

"너희 나라는 애 낳으면 지원해 주는 부분이 많잖아."

"그건 그런데…."

그들이 부족하다고 여기는 국가 지원의 내용을 자세히 듣다 보면 한국의 상황은 꺼내기조차 민망한 지경이었다. 육아 정책만인가. 교육, 노동, 도시 개발, 환경 정책 등 대부분의 상황이 그랬다. 하지만 여행을 하면서 느낀 건 시스템이 잘 갖춰진 나라는 전 세계에 몇 군데 되지 않고, 우리나라는 어찌되었든 조금씩 앞으로 나아가고 있다는 점에서 점수가 그리 낮진 않다는 것이었다.

에콰도르의 수도인 키토에서 세 모녀의 집에 머문 적이 있다. 십 대 후반의 딸 두 명과 엄마 라라 모두 베네수엘라 사람이었다. 그들은 살인을 불러일으키는 베네수엘라의 인플레이션 사태 이후 일자리를 위해 다른 이들과 함께 국경을 넘었다. 불법 이민자는 아니지만 남미 전역에 흩어져 일자리를 구하는 베네수엘라 사람들을 자국민과 동등하게 대우해 주는 나라는 별로 없다.

라라는 그래도 상황이 좋은 편에 속했다. 여성 속옷을 디자인하고 제작해서 돈을 벌었고, 속옷 제작을 배우고 싶어 하는 사람들을 모아 집에서 강습도 했다. 라라가 만든 브래지어와 슬립은 탐나도록 관능적이다. 그녀는 자신의 재능에 자신이 있는 여자였다. 딸들과의 외국 여행을 꿈꾸지만 당장 할 수 있는 건 아니니까 우리 같은 외국인들을 싼 값에 재워 주고 이들로부터 세상을 배웠다.

첫째 딸은 누가 봐도 라라의 딸이었다. 목소리가 커지면 고갯짓과 손동작도 같이 커지는 것이나 남 눈치 보지 않고 시원하게 웃는 것, 외국에 대한 관심이 많은 점 모두 라라였다. 반면에 둘째 딸은 말이 많지 않고, 가족 아닌 타인을 정면으로 오래 바라보는 걸 불편해했다. 학교는 다니지만 이따금 모두로부터 마음을 닫고 방 안에 들어가 혼자만의 시간을 길게 가져야 하는 아이라고 했다.

라라는 자신과 똑 닮은 딸, 정반대 성향을 가진 딸 둘과 타국에서 열심히 살면서도 살아남는 데 지친 얼굴 같은 건 보이지 않았다. 오히려 그녀의 얼굴엔 장난기가 가득했다. 그녀의 페이스북은 딸 둘과 입을 벌리고 웃으며 찍은 셀카, 속옷 브랜드 쇼케이스 행사장으로 보이는 곳에서 멋들어진 드레스를 입고 한껏 힘을 준 사진, 멕시코에 사는 쿠바인 남자친구와 찍은 사진들로 가득했다. 재능 있는 여자이자 다 큰 딸들과 놀러 다니는 걸 좋아하고 남자친구가 보고 싶다고 스스럼없이 이야기하는 뜨거운 여자면서, 언젠간 세계 여행을 하겠다는 꿈을 가진 사람. 나는 자식 키우는 사십 대 여자 중 내가 닮고 싶은 한 얼굴을 알게 됐다.

아이를 낳을 것인가, 말 것인가 하는 주제는 여행 중에 심심하면 한 번씩 얘기가 나오던 거대미래담론 중 하나다. 큰일을 시행하려면 오랜 시간 고민해야 안심이 되는 나는 4년을 사귄 창연에게 "만약 결혼한다면 너랑 하고 싶은데 결혼이라는 걸 내가 왜 하려고 하는지, 왜 해야 하는지 아직 답을 못 찾았어"라고 말했다. 결혼을 결정하기까지 그로부터 4년이 더 걸렸다. 출산이야말로 어쩌면 내 인생에서 가장 어려운 질문이다. 그래도 닮고 싶은 부모들의 얼굴 몇을 알고 있어서 마음이 마냥 어둡지만은 않다.

이렇게도 살고
저렇게도 산다

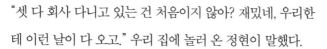

"셋 다 회사 다니고 있는 건 처음이지 않아? 재밌네, 우리한 테 이런 날이 다 오고." 우리 집에 놀러 온 정현이 말했다.

나는 출판사에 재취업한 지 5개월 차가 되었고 창연은 며칠 전에 2주치 근무에 대한 첫 월급을 받았다. 8년 넘게 작가로 살아온 정현은 한 달 전부터 주말에는 '오진'이라는 필명으로 글을 쓰고, 평일에는 마케터로 회사에서 일한다.

서른네 살, 서른다섯 살인 성인 세 명이 모두 출퇴근을 한다는 이 보통의 삶이 우리에게는 꽤 큰 의미가 있었다.

나는 대학을 졸업한 뒤로 쭉 입사와 퇴사, 프리랜서 생활을 교대로 하며 돈을 벌었고, 창연은 여행을 떠나기 전까지 한 회사에서만 5년 가까이 일했다. 정현은 말 그대로 쉬지 않고 연극과 뮤지컬 희곡 작업, 각색, 나중에는 연극 연출까지 해서 조동아리 창연이 "대학로 고인물"이라고 놀렸다. 스무 살 때부터 알고 지낸 우리 세 사람이 모두 똑같은 근무 방식에 속해 있던 적은 단 한 번도 없다. 셋이 동시에 백수였던 적도 없다. 그러니까 올해는 우리 사이에 '회사 생활'이라는 공통의 주제가 솟아오른 최초의 해인 것이다. 세 사람 모두 콘텐츠를 다루는 회사에 다닌다는 점에서 "역시 미래는 콘텐츠 세상인 것인가?", "암만" 같은 구닥다리 농담도 나눌 수 있게 됐다.

예전에는 셋이 만나면 (정현의 연애담은 늘 베이스이고) 연극, 영화, 책 혹은 정치 얘기를 주로 나눴다. 지금 생각하면 굉장히 부끄럽고 웃기지만 우리 딴에는 진지했고, 잘 모르는 주제를 더 알아 간다는 것이 재밌었다. 지금은 (정현의 썸 얘기는 늘 베이스이고) 대체 회사가 원하는 '일 잘하는 사람'이란 어떤 사람이어야 하는가에 대한 얘기가 하나 추가 됐다. 이 주제야말로 연애만큼 확장하겠고 정치만큼 이해

관계가 복잡하다.

몇 주 전에는 미쓰장에 대한 새로운 소식을 들었다. 수년 이내에 강원도 영월에 집을 얻어 고등학교 단짝 영주 씨와 포도 농사를 지으며 둘이 살기로 했다는 것이다. 처음 그 말을 정현에게 전해 들었을 땐 '갑자기 웬 영월? 그리고 왜 하필 포도?' 싶었지만 곱씹어 생각할수록 미쓰장과 잘 어울린다는 생각이 들었다. 그 미래가 딱 미쓰장의 것처럼 여겨진다기보다는, 그런 결정을 한다는 것 자체가.

미쓰장은 무슨 일을 하며 살든 평생 공부하며 사는 것이 생의 목표이자 낙이다. 연극 비평 박사 과정을 밟으면서 영어 학원 교사와 이런저런 일을 병행하다가 최근에는 연극 드라마터그 일을 하고 있다. 나는 미쓰장이 무슨 일을 하든 크게 걱정해 본 적이 없다. 한 달 수입의 대부분을 쇼핑에 퍼부어도 별 걱정이 안 된다. 큰 부자는 아니지만 미쓰장은 우선 월세가 아닌 전세살이를 하는 여자다. 혼자 힘으로 들어간 건 아니지만 어쨌든 전셋집이 있는 삼십 대와 그렇지 않은 자의 삶은 다를 수밖에 없다. 그리고 미쓰장만큼 자기 일을 똑 부러지게 처리하는 사람은 드물다. 어쩌면 영월 최초의 포도 농사꾼 파티 플래너가 되어 누군가의 포도 수확일을 기념하는 행사를 기획하고 추진하는 사람으로 살아갈지도 모른다. 광장시장에서 산 빈티지 니트를 입고 영월 길을 종종대며 걸어 다닐 미쓰장의 미래는 상상만으로도 근사하다. 나는 미쓰장에게 메시지를 보냈다.

영월에서 살기로 했다는 것 너무 좋은 생각. 영주 씨가 되게 좋은 사람인가 보다. 그렇지 않으면 낯선 곳에 같이 가서 새로운 일 도전하는 것 힘들잖아.

곧바로 답변이 왔다. 금세 이뤄질 일은 아니고 우선은 돈도 없다고. 그러면서 '박사 포도'라는 네이밍이 어떤지 물었다. 그 말이 웃기면서도, 미쓰장이 이렇게 말할 정도면 지금 미쓰장의 삶이 내가 알고 있는 것과 달리 꽤 힘든 상태인 건가 싶어졌다. 그게 아니라면 우리(나, 정현, 창연)와 함께 사소한 것에 깔깔대며 노는 삶이 영월에서 보내고 싶은 삶과는 저울질할 수 없을 만큼 별로였던 건 아닐까 싶어서 감히 속상해졌다.

정현은 우리 네 사람의 근황에 대해 이렇게 말했다.

"어쩌면 이 모든 게, '한국 사회는 답이 없고, 자기가 자기를 지키면서 산다는 게 어렵다는 걸 말하고 있는 것 아닐까' 하는 생각이 드는 거야. 서른셋에 세계 여행 가는 거나, 글 쓰다가 회사 취직한 거나, 영월에 가겠다고 하는 거나. 우리 다 나름 간절히 원하면서 해 오던 게 있었던 사람들인데 '아, 이거 결국 안 되는 일인가 보다' 하면서 다른 대안을 찾아야겠다고 생각한 게 아닐까. 그런데 이렇게 말하면 내가 소망과 창연, 지영의 삶에 대해 너무 막말하는 거지?"

어쩌면 정현의 말이 맞을지도 모른다. 박사 포도도 근사하고 마케터와 극작가라는 투잡도 능력 있어 보이고 세계 여행도 겉으로는 대단한 경험치를 획득한 것으로 보이지만, 어쩌면 그것들이 아니고서는 우리가 우리 자신을 지킬 수 없었기 때문에 죽기 살기로 시전한 필살기일지도 모른다. 여행을 떠나기 전, 시아버지의 "너는 지금 도피하는 거다"라는 말에 그런 게 아니라고 큰 소리로 반박했던 창연이, 여행 도중 "이게 도피라는 걸 인정한다"라고 내게 얘기했던 것처럼. 나는 여행이 끝나는 날까지 '도피가 뭐가 나빠. 넌 그래도 돼. 그런데 난 도피한 게 아니야'라고 생각했다. 그런데 잘 모르겠다. 정말 단 1%도 아닌 것인지. 만약 도피가 맞다면 우리 영혼이 조금은 가난해지는 것인지.

여기 꺄페 한 잔요!

2018. 1. 3

아르헨티나 바릴로체의 커피 가격은 기본이 50페소다. 630원 환율을 적용해 보면 약 4,500원꼴. 유럽보다 비싸다. 그래도 가끔 할 일이 없거나 숙소에 있기 갑갑할 때 카페에 들러서 책을 읽거나 일기를 쓴다.

커피 양은 한국의 절반 정도다. 어쩌면 더 적을지도 모르겠다. 우리나라만큼 큰 종이컵, 큰 머그컵에 커피를 가득 채워 주는 곳은 드물다. 아, 스타벅스는 어느 나라든 우리나라 스타벅스 머그컵과 같은 용량이긴 했다. 가격은 훨씬 더 저렴하고.

여행지에서 만난 카페 골목 중 가장 인상적이었던 곳은 터키 이스탄불의 탁심광장 끝에 있는 골목이었다. 내리막 길을 따라 카페와 개성 있는 잡화점, 옷가게들이 듬성듬성 이어져 있는 모습이 한국의 익숙한 카페 골목 같기도 하고 이국적이기도 했다. 아주 오래전 인기를 끈 도쿄 카페 골목 사진집처럼 이곳을 촬영해 사진 에세이를 내면 사람들이 좋아할 것 같다. 누군가 SNS에 소개해 놨을지도 모르겠다. 아, 그 골목길 이름을 알아 왔어야 하는데.

포르토에 머물 당시 크리스마스, 연휴 분위기가 한창이 었고, 스타벅스에서는 다들 겨울 시즌 음료를 마셨다. 그중 에 내가 좋아하는 토피넛 라떼도 있었다. 아무래도 기본 메 뉴들보단 비싸니까 가게 앞을 왔다 갔다 하며 눈독만 들이 다 말았는데 칼바람이 불던 날, 안 되겠다 싶어 기어이 창 연을 앞장세워 스타벅스에 들어갔다.

그런데 기껏 시킨 토피넛 라떼는 내가 알던 그 토피넛 라떼가 아니었다. 내가 원한 건 토피넛 시럽을 부은 뜨거운 우유였고, 그들이 만든 건 토피넛 시럽을 부은 뜨거운 커피였다. 하지만 스타벅스가 괜히 스타벅스인가. 그곳은 소비자가 원하는 모든 메뉴를 제조해서 파는 곳. 토피넛 라떼가 간절했던 난 한 번 더 주문을 시도했다.

창연이 직원에게 천천히 설명했다.

"토피넛 라떼 주세요. 카페는 빼고 우유만."

그렇게 해서 받아 온 토피넛 라떼는 내가 알던 그 고소한 맛의 라떼가 아니었지만 이전 것에 비하면 훨씬 괜찮아진 맛이었다. 그런데 한참 나중에 창연이 이런 말을 했다. 직원들이 창연의 주문을 다른 이에게 전달할 때 "토피넛 달래. 근데 커피는 빼 달래. 크크크" 하며 웃었다는 것. 나는 빈자리를 찾겠다고 창연과 떨어져 있느라 전혀 눈치채지 못했다. 그렇게 무안한 분위기에 혼자 있게 했다니 창연에게 미안했다. 그 직원들 참 못됐다. 창연이 스페인어를 전혀 못 알아듣는 줄 알고 그런 말을 한 거겠지.

혹시 내 주문이 그들에겐 "따뜻한 아이스 아메리카노 주세요" 같은 것이었을까. 나는 그런 메뉴를 주문한 적은 없어도 마셔 본 적은 있다. 유럽 사람들은 좀처럼 아이스 아메리카노(이상 '아아')를 팔지 않아서 그것이 무엇인지부터 열심히 설명해야 한다. 그럼 간신히 "아 알겠어. 가능은

한데 한 번도 안 만들어 본 거라… 그래도 괜찮겠어?"라는
반응이 돌아온다. 몇 블록만 걸으면 아아를 파는 스타벅스
가 있는데 아아가 뭔지조차 모르는 카페 사장이 있을 수
있다니. 그렇게 해서 손에 쥔 아아가 진짜 아아였던 적은
딱 한 번뿐. 나머지는 따뜻한 아메리카노에 조막만 한 얼음
이 대여섯 개 둥둥 떠 있는 '따뜻한 아아'였다.

그래도 어쩔 수 없지, 마셔야지. 생각보단 마실 만했다.
아아 없는 곳에서 아아 시킨 우리가 잘못이지, 우릴 위해
생애 최초로 아아를 만들어 본 그들은 잘못이 없다.

에필로그

오늘은 D+1160이다. 개정판 작업을 위해 이 책을 다시 천천히 읽었다. 그때의 나를 사로잡은 생각과 감각이 생생하게 떠올랐다.

이 책을 쓴 뒤로 고작이라고 해야 할지 벌써라고 해야 할지 알 수 없는 3년이 흘렀다. 그사이 나는 다른 출판사로 이직했고 창연은 같은 회사 내 다른 팀으로 옮겼다. 현재 나는 출판 마케터, 창연은 언론사 유튜브 PD다. 이 책을 쓸 때의 우리는 출판 편집자, 콘텐츠 큐레이터였으니 인생이 어떻게 될지 아무도 모른다는 말은 지금도 유효하다.

3년 전의 나는 한국에서의 일상을 다소 너그럽게 바라볼 수 있게 되었다는 점과 마음에 들지 않는 현실에 나를 억지로 맞춰 가며 살진 않겠다는 다짐, 특히 직장인으로서의 다짐이 무척 강했던 것 같다. 지금도 그다지 다르게 살고 있진 않다. 여전히 놀랍도록 이상한 사람들이 집 밖에 참 많지만 일일이 분노하지 않는다. 어쩌면, 누군가를 혐오하고 무시하는 에너지로 가득한 사람들이 너무 많아졌기 때문일지도 모르겠다. 그들 속에서 본능적으로 밸런스를 맞추며 살려고 한달까. 분노와 혐오의 에너지는 나의 것이 아니라는 생각을 한다. 그게 세상 돌아가는 일들을 못 본 척 살아가겠다는 뜻은 아니다.

같이 일하는 게 즐겁고 배울 점 많은 사람들과 일하면서, 내가 나답게 있을 수 있는 조직에서 일하고 싶다는 마음도 여전하다. 이런 생각이 욕심이라면 욕심이겠지. 하지만 가장 생산성 있는 욕심이 아닐까. 하고 싶지 않은 일보다 하고 싶은 일을 더 많이 하기 위해 계속 공부하면서 스스로 기회를 만들어 나가려는 습관을 가지려고 노력한다.

여행이 가르쳐 준 건 즐거운 일은 스스로 찾아내서 해

야 한다는 점이다. 용기를 갖고 좀 더 과감한 시도들을 해야 이제껏 보지 못했던 걸 볼 가능성이라도 생긴다. 나는 세계 여행을 다녀온 집순이이자, 안 해 본 걸 과감하게 시도하는 것에서 재미를 느끼는 집순이가 되었다. 집에 있는 것도 좋고 집 밖으로 나가는 것도 좋다. 편한 삶이 좋지만 나에게 긴장감을 주는 삶도 나쁘지 않다. 그리고 노는 건 언제나 좋다. 놀 수 있는 기회야말로 스스로 만드는 것이라고 생각하기 때문에 놀 수 있을 때, 그렇지 못할 때를 가리지 않고 최대한 많이 논다. 당분간 해외여행도 하기 힘드니까 우리는 노는 방법을 더 다양하게 만들어야 한다.

난 정말 이런 식으로 '세계 여행은 끝났다. 나나, 너나'가 될 줄 몰랐다. 가수가 노래 제목 따라간다는 이야기는 들어 봤어도 글 쓰는 사람이 책 제목 따라간다니, 이게 무슨 일인가. 눈 뜨고 보니 온 세상에 전염병이 돌고 있다. 코로나가 끝난다 해도 예전처럼 전 세계를 자유롭게 여행 다닐 수 있는 시대는 끝났다고 본다. 기후 변화와 대자연의 파괴들을 떠올리면 당장 5년 뒤의 지구가 어떤 상태일지 가늠이 안 된다.

우리는 예전과 같은 방식의 여행을 할 수 있을까? 한국인은 대부분 여름이나 설, 추석에 해외여행을 가는데 그때 지나치게 춥거나 더워서 여행하기 힘든 나라들이 생기진 않을까? 전 세계가 환경 오염으로 고통받는데도 해외의 아름다움을 느끼겠다며 여행 다니는 세계 여행자는 지금보다 더 사치스러워 보이거나 아예 생각 없는 사람의 전형으로 비난받게 될지도 모른다.

내가 너무 비관적인 것일까? 하지만 나도 이런 생각들을 끊임없이 하면서, 동시에 매일매일 여행 가고 싶다. 앞으로 해외여행 안 가겠다는 다짐 같은 건 할 자신이 없다. 비행기가 환경 오염에 최악이라는 것도 알고, '집 나가면 개고생'이라는 워딩이 약할 정도로 독한 여행을 하며 돌아다녀야 할지도 모르는데 그럼에도 불구하고 갈 수만 있다면 가고 싶다는 생각을 멈출 수가 없다. 해외여행. 장기 여행. 세계 여행. 오대주 육대양. 빙하. 사막. 10분 이내에 짐싸고 여권 챙기라면 할 수 있다. 진심이다.

내가 여행을 좋아하는 건 어떤 여행은 삶을 대하는 태도를 바꿔 놓기 때문이다. 세계 여행이 특별한 이유는 뼛

속까지 자리 잡힌 고정관념에서 벗어날 기회를 준다는 점과 장기간이라는 시간에 있다고 생각한다. 장기 여행을 하다 보면 지금부터 죽을 때까지 내가 살아갈 일상의 시간이 생각보다 굉장히 짧거나 혹은 굉장히 길지도 모른다는 생각을 하게 된다. "내가 고자라니!" 외치던 남자배우가 있지 않나. 여행의 시간이 너무 좋으면 숙소 침대에서 그 상태에 빠질 때가 많다. '내가 다시 일상으로 돌아가야 된다니!' 그 남자배우랑 똑같은 표정을 지으면서 말이다. 이걸 오랜 시간 외치다 보면 내가 대체 그렇게 싫어했던 일상이 뭔지 생각할 수밖에 없다. 삶은 모순 덩어리이다. 그 기본값을 내가 바꿀 수 있을 리 없고, 그렇다면 바꿀 수 있는 건 내 태도 정도이지 않나? 장기 여행은 나의 태도를 점검하고 일상에 대한 다른 태도를 배우기 좋은 시간이다. 그러고 난 뒤 다시 생존 전쟁으로 돌아가면 아주 조금은 달라져 있을 가능성이 있다. 확 바뀌어서 돌아가지 않아도 바뀌려고 노력하는 태도 그 자체가 꽤 큰 변화를 가져온다.

누구나 장기 여행, 세계 여행을 꿈꾸고 실천에 옮길 수 있게 된다면 얼마나 좋을까. 지금 당장은 세계 여행을 꿈꿀 수 없고 집 밖으로 나가는 행위조차 검열당하고 있지만.

먼 곳으로 나가기까진 아직 많은 시간이 필요한 것 같다. 여행에서 배운 걸 잊지 않도록 나는 가끔 옛날 여행 사진들과 동영상을 뒤적인다. 몸은 고립되었어도 태도는 보수적이지 않도록 머릿속에서 포르투갈의 거리를 걷고 포틀랜드의 축축한 숲을 쳐다본다. 오지 않은 미래에 대한 불안감이 전혀 없는 상태로 현재 내 눈앞에 주어진 것들에만 순수하게 감사해하며 살던 순간들을 떠올린다. 그러다가 당장 할 수 있는 일들을 찾아 나선다. 지금 우리 집 현관에는 창연이가 생일선물로 사 준 롱보드가 있다. 각종 보호대와 보드를 들고 집 밖에 나가는 게 상상 이상으로 귀찮지만 막상 발을 굴러 보드 위에 두 발을 올리면 살면서 한 번도 느껴 보지 못한 또 다른 재미가 내 발 아래에 존재한다는 걸 부정할 수 없어진다. 이 소소한 일들이 코로나 시대를 얼마나 덜 고독하고 덜 답답하게 만들어 주는지 모른다.

이 코로나가 끝나는 날은 언제일까. 세계 여행을 할 수 있는 시간은 언제 다시 찾아올까. 천천히 와도 좋다. 아예 불가능한 것만은 아니라고 말해 주라. 언젠간 다시 최소한의 짐을 등에 메고 세계 여행을 하고 싶다. 그땐 또 다른 여행을 할 수 있을 것 같다.

아이슬란드, 레이캬비크

세계 여행은 끝났다

초판 1쇄 발행 2019년 5월 15일
개정판 1쇄 발행 2021년 9월 16일

글 김소망
펴낸이 홍지애
펴낸곳 꿈꾸는인생
주소 서울 마포구 월드컵북로 400 2층
전화 070-4046-2371
팩스 02-6008-4874
이메일 lifewithdream@naver.com

© 꿈꾸는인생, 2021

ISBN 979-11-91018-13-4 (03810)